KB102841

구텐베르크가 금속활자를 발명하기 전
책은 사람이 살 수 있는
가장 비싼 물건이었으나
지금의 책은 가장 쉽게
가장 저렴히 살 수 있는
지혜의 보고입니다.
애드앤미디어는
당신이 책을 통해 보다 쉽게
지식을 더할 수 있도록 노력합니다.

애드앤미디어는 당신의 지식에 하나를 더해 드립니다.

엄마를 사랑해 드립니다

유지인 X 김유민 지음

*

프롤로그

"나는 엄마를 위해서 태어났어. 엄만 그걸 모르다니"

딸랑구는 자기 전에 하고 싶은 말이 많다. 그냥 조용히 자는 법이 없다. 그 날도 퇴근 후 나는 너무 피곤하고 들을 기운도 없어서 "그만 말하고 내일 이야기하면 안될까?" 하며 눈을 아예 감아버렸다. "엄마, 사람은 왜 태어났을까?" 이 커다란 질문을 던지더니 자기는 엄마를 위해서 태어났다는 거다.

나는 아들랭과 딸랑구, 아이 둘을 키우고 있고 파주에서 서울로 출퇴근하는 지극히 평범한 직장맘이다. 중학생 아들과 초등학교 고학년인 딸이 있다고 하면 주변에서 "이제 다 키웠다."라는 말을 듣는다. 정말 그 말처럼 이제 다 키워서 몸과 맘이 점점 편해질 줄 알았는데, 육아는 늘 어렵고 지치고 새로운 고민거리들이 쌓이는 골치가 아픈 일의 연속이다.

아이 낳고 멘붕의 백일만 버티면 나아질 줄 알았더니, 기저귀 떼

*

고, 젖병 떼면 편할 줄 알았더니, 스스로 숟가락질만 하고 밥만 먹으면 편해질 줄 알았더니, 말귀만 알아들으면 나아질 줄 알았더니, 유치원만 가면, 학교만 가면 이젠 다 커서 편할 줄 알았더니, 중학생이 되면 더 손 놓을 줄 알았더니 하며 14년을 기다렸는데, 아니다. 그렇지 않다. 아이를 키우는 동안 어느 날은 마음이 힘들거나 어느 날은 몸이 힘들었고, 몸과 맘이 둘다 편한 순간은 거의 없다. 나이가 드는 만큼 체력은 딸리고, 짜증과 무기력도 반복된다. '엄마'라는 일을 때려치우고 싶다. 가끔은 "너희들 때문에 엄마가 못 살겠어."라고 얼굴에 대고 원망 섞인 말들을 내뱉을 때도 있었다. 그런데, 나를 위해서 태어났다니! 졸다가 감긴 눈이 떠졌다. 코끝이 찡하게 올라왔다. 피곤에 지친 몸에 그 한마디가 파고 들어와 따뜻한 이불이 되었다. 재잘재잘거리다 잠이 든 딸랑구를 꼭 안았다. 하루의 피곤이 그렇게 사라졌다.

나는 '오늘 일은 내일로 미루자', '어차피 치워도 먼지는 쌓인다'며 집안 일도 대충대충 하고 넘어가는 게으른 엄마다. 퇴근하고 피곤한 날에는 쇼파에 드러누워서 TV 리모컨을 돌려 대며 "너네 학습지는 다 풀었냐?"며 입으로만 확인하고 넘어가는 귀찮은 게 많은 엄마다. 저녁밥을 먹을 때 소주 한 병이나 맥주 한 캔은 따야 기분이 좋아지는, 술을 좋아하고 놀기 좋아하는 엄마다. 술을 마시다가 "엄마 좋은 점 말고, 바보 같은 점 하나 말해 줘봐." 대뜸 물어보고, 딸랑구의 "엄마는 딸바보"라는 한마디 대답을 듣고서 히죽히죽하는 철없는 엄마다. 사소한 일에 흥분하고, 별 말 아닌 것에 감동하

*

고, 아이들과 농담이나 나누며 소소한 것들에 깔깔거리는 그런 엄마다.
그렇게 게으르고, 귀찮은 게 많고 철없던 내가 2012년도 5월부터 2020년 여름까지 딸랑구와 아들랭이 나에게 해온 말들과 함께 나눈 말들을 모아서 책으로 만들었다. 뭔가 꾸준히 해본 일 없는 내가 아이들이 해준 말들이 단지 재밌어서 꾸준하게 기록해두었다는 것이 신기할 뿐이다. 모아보니 꽤 된다. 아이들의 한마디 한마디가 모여 내 삶을 만들었다.

아이의 귀여운 한마디에 힘이 났다.

하루 왕복 네 시간 출퇴근길에 시달리고 너덜거리는 몸과 맘으로 집에 돌아 오면 "엄마 뭐 사왔어?" 하면서 가방을 받아주는 모습에, "내가 밥해줄게. 오늘은 좀 쉬어." 까불까불하는 모습에, "으이구" 손사래를 치면서도 나도 모르게 배시시 웃음이 난다. 어제도 힘들었고, 오늘도 힘들고, 내일도 모레도 힘들고 지치는 일들은 계속되겠지만, 아이의 귀여운 말들에 하루를 버텨낼 힘이 난다.

*

아이의 다정한 한마디에 용기가 생겼다.

어릴 때는 어른이 되고 싶었다. 강해질 것 같아서. 하지만 막상 어른이 되고 나서도 나약한 내 자신을 발견하게 된다. 사회생활 속에서 내 모습이 한없이 작아지고 초라해질 때도 많다. 조막만 한 아이가 다가와서 "엄마 힘내세요."라며 안아준다. 편지를 써서 가방에 넣어준다. 그 한마디에 위로가 되고 나도 잘할 수 있다는 용기가 생긴다.

아이의 엉뚱한 한마디에 웃음이 났다.

아이들은 황당하고 가끔은 무논리 말들로 어른들을 당황하게 한다. 앞뒤 따지면 말이 안되고 무슨 헛소리야? 할 수도 있지만, 사실 아이들 입에서 나오는 말 중에 가장 재미있는 말들은 엉뚱한 말들이다. 세상 모든 아이들의 〈엉뚱말 모음집〉을 만들고 싶을 정도로 무궁무진하다. 어른들끼리의 분위기 썰렁한 순간에도 "엄마 코딱지 먹어 봤어?"하는 한마디에 빵 터지며 큰 웃음이 난다.

*

아이의 어른스러운 한마디에 눈물이 났다.

좋아하는 TV 프로그램 중에 '슈퍼맨이 돌아왔다'가 있다. 거기에 나오는 30개월 하오라는 아이가 개리 아빠와 함께 장난감 가게를 간다. 아빠는 하오에게 장난감을 사주려고 고르라고 했지만, 하오는 크고 멋진 장난감을 고르지 않고 작은 인형 하나만 고른다. 하오는 "바이러뜨 때문에 아빠 일업떠(바이러스 때문에 아빠 일없어)."하며 뜻밖의 어른스러운 한마디로 주변을 감동시켰다. 아이들은 '이런 말은 어디서 배웠지?'라는 생각이 들 정도로 철이 든 말로 불쑥불쑥 어른들을 눈물 나게 한다.

내가 아이들을 키운 게 아니라, 아이들의 말들로 내가 자라온 느낌이다. 때로는 다정한 말로, 감동적인 말로, 엉뚱한 말로 나를 위로하면서, 아이의 한마디가 나를 살리고 나를 키워왔다. 아직도 모자라지만, 덕분에 이만큼 자랐다. 단순한 농담을 주고받고, 별 쓸데없는 소소한 말들로 일상을 채워나가며, 철없는 엄마는 계속 이렇게 성장중이다.

파주에서 유지인

*

딸랑구네 가족 소개

“유지인, 남편군, 아들랭, 딸랑구가 함께 사는 가족입니다.”

유지인

어디 가서 자기소개를 하면 “영화배우 이름이네요.”라는 소리만 백날 듣는, 외모는 영화배우와 전혀 상관없는 평범한 워킹맘. 출판사에서 열심히 책을 만들지만, 정작 내 책 하나 가지지 못했던 꿈을 딸랑구를 이용하여 책을 내보고 싶었던 소심한 야망가. “짱”, “웃겨”, “귀여워” 기본적인 감탄사를 입에 달고 다니며 해맑음을 보여주는데 가끔은 철없는 소리 잘하고 욱하는 캐릭터.

남편군

책에 중간중간 한번씩 등장하는 딸랑구와 아들랭의 아빠 겸 유지인의 남편.

남편에 대한 글을 쓸 때, 연하라는 이유만으로 ‘남편군’이라 칭한다. (책에는 언급되지 않을 정도로 존재감이 별로 없어 보이지만, 아이들에게는 잘한다는 후문이다) 딸랑구에게 아내를 누나라고 부르라고 종용받고, 와이프에게 옷 사줄 돈으로 보일러 기름을 넣자고 말하는 용감무쌍한 캐릭터.

*

딸랑구

얘 누가 낳았니? 초초긍정, 슈퍼 울트라 파워 에너지 뿜뿜의 지인이네 둘째. 딸랑딸랑 유쾌한 공주님. 사랑표현의 대마왕, 오빠를 무지 사랑하고, 엄마가 백 살까지 살기 바라고, 먹을 땐 무조건 옆에 있는 사람 숟가락을 들게 하는 마성의 먹성까지. 타고난 재능도 초만렙, 그림과 요리에 탁월한 실력을 수시로 뽐내는 종잡을 수 없는 매력의 그녀.

아들랭

아무한테도 못 줘! 세상 맛집이 미슐랭이라면 세상 츤데레는 우리집 아들랭. 은근하게, 지긋하게, 때론 냉철하게 주시하다가 결정적일 때 묵직한 하트를 날려주는 엄마의 영원한 러버. 너에게 사춘기가 올 때 나는 갱년기로 맞서보리라 다짐했는데, 요즘 의외의 다정함을 다시 보이고 있어, 제 2의 귀여움을 선보이고 있다.

*

*

Part 4. 잘 자라 우리 아가 … 69

Part 5. 잘 먹고 잘 크기 … 81

Part 6. 사랑받기 위해 태어난 딸랑구 … 97

Part 7. 아들랭은 츤데레 … 115

*

*

날 닮은 너

뒤에서 누가 "엄마!"라고 부르면,
나도 모르게 뒤를 쳐다보게 된다.

*

어쩌면 이런 것도 닮았을까

"엄마, 아빠, 오빠, 유민이
다같이 짠-해요."
우리 딸은 날 닮은 건가.
꼭 다같이 '짠'을 하자고 한다.
커서 회식 자릴 주도하겠어, 하하

#20130606 #딸랑구_46months

*

예쁜 말 하는 것도
날 닮았나

"너네 엄마는 화장을 안 해도 예쁘고,
해도 예쁘고, 대체 왜 이렇게 예쁜 거니?"
라는 남편군의 우스갯말에
"응, 엄마가 나 닮아서 그래."
라고 말하는 우리 딸랑구.
넌 정말 왜 이렇게 예쁜 말만.

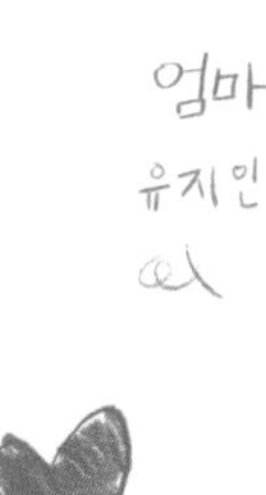

#20170724 #딸랑구_95months

*

닮은 것은 당연해

어느 날 문득
딸랑구 얼굴을 바라보고 있으니,
나랑 정말 똑같이 생긴 것 같은 기분이 드는 것이다.

"유밍아, 너 엄마랑 진짜 똑 닮은 거 같아!"
"그걸 이제 알았어?"
"엄마는 오빠랑 좀 더 닮은 거 같았거든."
"아니, 엄마가 나를 낳았는데,
내가 엄마를 닮지, 누굴 닮겠어?"
맞는 말인데, 새삼 웃기다.

#20190522 #딸랑구_117months

*

우는 것까지 똑같아

밥상머리에서 눈물을 흘리는 아들랭.
밥 안 먹어서 한 소리 했더니 눈물을 뚝뚝.
걘 왜 저런 건 날 닮았을까.
세상은 험하고 힘든데,
남자애가 툭하면 울어서 속상하다.
이런 건 어떻게 바꿔주나.

"근데, 엄만 또 왜 울어?"

#20140614 #아들랭_81months

*

엄마, 이 립스틱 세 개 다 가지면 안돼?

딸랑구가 내 가방에 있는 립글로스, 립스틱, 틴트들을 하도 몰래 바르길래, 잘 안 쓰는 서너 개를 아예 줬다.

"이건 집에서 바르는 거고. 이건 유치원 갈 때 발라야 해."
"엄마, 이거랑 이거랑 섞어 바르면 예뻐. 어때?"
밤늦게까지 이러고 있다. 여자아이지만, 나한테서 보고 배운 게 이런 거 뿐인가 하는 걱정이 새삼.

#20130810 #딸랑구_48months

*

예리한 딸랑구

딸랑구가 내 허리를
스르륵 만져보더니
한마디 한다.
"엄마, 살 붙었어?
(ㅋㅋㅋ)장난 아니다.
살 빠진 지 며칠 됐다고."
나 다시 살쪘나 보다.

#20150817 #딸랑구_72months

*

한 집에 똑같은 사람이 둘 있습니다

사진 좀 찍으려고 예쁘게 폼 좀 잡아보라고 했더니, “싫어! 짜증나!” 이러고 간다. 헐, 변덕이 심한 건 나랑 똑같은 것 같다. 나랑 똑같은 애가 집에 한 명 더 있다고 생각하니 힘드네.

#20140309 #딸랑구_55months

*

말투가 똑같으면 무서워

딸랑구가 인형놀이 할 때 무섭다. 엄마와 딸 역할을 혼자 하면서 내가 평소에 하는 말들을 그대로 따라하고 있어서... 어쩜 토시 하나 안 틀리지. 멀리서 들리는 말에 뜨끔뜨끔하다. 앞으론 좋은 말만 해야겠다. 진짜.

빨리 옷 안 입어?
엄마가 입으란 거 입으랬지.
추운데 그렇게 다닐래?
빨리 안 하니?
엄마 화나게 할래?

#20180218 #딸랑구_102months

*

말은 함부로 내뱉지 않기로

애들이 말을 안 들으면,
"너네 자꾸 그러면 엄마, 집 나간다!"
라고 반 협박하던 순간이 있었다.

그런데, 어느 날 딸랑구가
"엄마가 화내니까 나 집 떠날거야."
하고 나가는 시늉을 한 후론 그런 말은 안 하게 되었다.

#20141020 #딸랑구_62months

*

참이슬 같은 엄마

우리 딸랑구가
'엄마가 좋아하는 거'라며
내 핸드폰 메모장에 그림을 그려서 줬는데...

내가 가정교육을 제대로 하고 있나...
나 넘 이런 모습만 보여줬냐... 어? 흐흐흐.

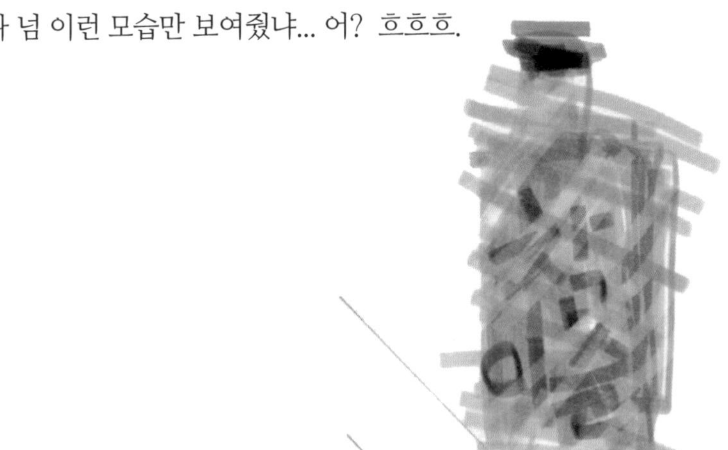

#20170526 #딸랑구_93months

*

엄마 소리 좀 지르지 마

내 단점은 사실 수두룩하지만, 그 중 하나는 화가 나면 아이들에게 큰소리를 낸다는 것이다.

한 번 말하고, 두 번 말하고, 세 번 말해도 아이의 대꾸가 없으면 나도 모르게 소리를 치게 된다. 그러고 나서 애들이 자는 모습을 보고 후회를 한 적이 한두 번이 아니다. 요즘엔 내 뜻대로 안 되는 날에도, 끝까지 친절하게 말하려고 노력하고 있다. 그렇게 맘먹은 건 딸랑구의 편지 한 장 때문이었다.

'아, 내가 소리를 치면 애들이 상처가 될 수도 있겠구나.' 이 편지는 그래서 가지고 다닌다. 잊지 않으려고. 그 후엔 딸랑구가 또 다른 편지도 줬다.

*

• La maison de poupee •

사랑하는 엄마 소리존 질를 제마
제발 오빠가 공부모테도 소리는
절때 질를면 안대! 알았지.
내가 거실에 읻는데 소리를
질어서 깜짝놀라어!
이제 부터 소리질을 시마.
이야기로 해도 데자나.
근데 왜 소리을 질어. 아푸로
이야기로 해 알았지
알라뷰

'거봐, 엄마. 조용히 말하니까 좋자나'

딸랑구는 조곤조곤 다정하게 달랜다.

#20160929 #딸랑구_85months

*

내 친구들까지
챙기는 너

딸랑구가 나에게 칭찬스티커를 주면서
생색내며 말한다.

"엄마. 내가 스티커 두 개 줄 테니까,
엄마 친구들 붙여줘야 해.
이거는 남자 친구들 주고,
이거는 여자 친구들 주야 해.
엄마. 꼭 붙여 주야 해. 안주면
내가 다시 뺏아갈 거야. 아라찌?"

#20130831 #딸랑구_48months

2019 3/16 토요일

Part 2

나는 엄마다

나는
{ 철없는, 많이 모자란,
아이에게 배우는, 아이들이 챙겨주는,
엄마라서 기쁜, 엄마라서 행복한 }
엄마다

*

엄마를 놀리는 게 제일 재밌어

엄마의 일기

애들이 하루 종일 말을 안 들어서 소리를 질렀다.
"야!!!! 너네 말 또 안 들으면 혼날 줄 알아!
밥도 없고, 국물도 없다!"
내가 뭐라고 하든, 어느 순간 또 장난을 치는 너네들.
휴. 진 빠져.

아들랭의 일기

귀신놀이를 했다. 엄마를 놀려줬다. 재미있었다.

#20150816 #아들랭_95months

*

책 읽어주기는 나의 로망

결혼 전, 엄마가 되면
무조건 '자기 전 10분간 책 읽어주기'만 해주자.
이게 목표였고, 아마존이니 여기저기서 영어책이든, 한글 책이든 어린이 책을 하나 둘 사모아서 혼수(?)로 싸 들고 간 책만 꽤 되었다.

그러나 현실은, "애들아, 책 읽어줄게."하고 읽어주다가도 딸랑구나 아들랭이 "또 읽어줘."하면 "아... 그만... 엄마 피곤해. 내일..."이라고 건성건성 대답하는 귀차니즘 엄마...

이상과 현실은 너무 다르다. 결국 아들랭 혼자서 제대로 읽지도 못하는 책을 보고 있다.

#20131117 #아들랭_74months

*

나무의 모습

창 밖으로 바람에 나무들이 찰랑찰랑
흔들리는 모습을 본다.
“악! 나무괴물이 방안까지 들어오겠어!! 엄마를 지켜줘!”
나는 장난으로 이불 속에 숨는 척 했다.

딸랑구가 노래를 불러준다.
“나무야 나무야, 힘들지 말아라.
바람아 바람아, 울지 말아라.
엄마에게 오지 말아라.”

#20140809 #딸랑구_60months

*

일찍 일어나는 비법

아침에 죽어도 못 일어나는 내가
애들이 놀러 간다고 하면 새벽 다섯 시에는
어떻게든 일어나서 김밥을 싼다.

매일 소풍을 보낸다는 마음을 가지고 잠을 자면
일찍 일어날 수 있으려나.

#20140204 #딸랑구_54months

*

김밥은
엄마 김밥

아들랭 소풍 때문에 새벽부터 김밥을 싸고 있었다.
아들랭도 맘이 들떴는지 6시도 안된 이른 아침에
일어나 거실을 돌아다녔다.
김밥이 접시에 쌓여가는 걸 본 아들랭은
"엄마! 이러다가 우리 김밥 천국 되겠어!!" 라고
눈을 동그랗게 뜨며 말했다.
"김밥천국이 맛있냐, 엄마가 싼 김밥이 맛있냐?" 라는
내 질문에
"엄마."라는 바람직한 대답을 듣고 나서야,
김밥 싸기를 마무리할 수 있었다.
휴. 긴긴 아침이다.

#20150521 #아들랭_95months

*

천사와 마녀를 오가며

딸랑구야 여자아이고, 워낙 애교 꼬마라 그런가 보다 하지만 요즘 1학년이 되는 아들랭이 점점 퇴화(?)현상을 보인다. 나만 보면, "암~마. 암~마. 암~마. 우리 암마." 애기 목소리를 내고 달려와서 안긴다. 아들랭의 애교도 봐줄 만하다. 딸랑구와 다른 귀여움이 있다.

아이들이 팔 하나, 다리 하나에 매달려서,
"우리 엄마야! 너 저리가!" 서로 싸우면 나는 둘을
감싸 안고 "아이구, 엄마는 둘 다 사랑해요~"
라며 뽀뽀해준다.
아주 바람직하고 흐뭇한 광경이다.
그러나, 한 5분 후엔
"야!!! 너네 빨리 와서 밥 안 먹어! 혼날래?" 라고
소리치는, 다시 마녀엄마가 되는 걸
매일 밤 반복한다.

#20140128 #아들랭_76months

*

뒤늦은 후회

"나 집 떠날거야!!!! 공룡한테 갈 거야.
엄마가 장난감도 안 사주잖아!"라고 따지던 딸랑구에게,
퇴근 후 만사가 귀찮았던 엄마는
"몰라! 맘대로 해!"라고 대충 대답했다.
눈물이 많은 여리디여린 딸랑구에겐 더욱 관심을 가지고
"가긴 어딜가! 엄마는 너를 사랑하는데!"라고
바라봐 줬어야 했는데
엄마는 이렇게 네가 잠들고 나서야
얼굴만 뒤늦게 바라보고 있다.

#20140225 #딸랑구_54months

*

나도
할 말이 있어

딸랑구가 요즘 뺀질뺀질하며 말도 안들어서
"넌 왜 엄마 말을 이렇게 안 듣냐?" 한마디 했더니,
대뜸 눈을 크게 뜨며 말한다.

"나 말 다 들었거든? 손 씻고, 옷도 걸어놓고, 방 정리하고!!
근데, 엄마는 왜 내 말 안 듣는데?"
점점 내가 할 말이 없어진다.

#20151117 #딸랑구_75months

*

딸랑구는
유쾌한 수다쟁이

딸랑구는 유쾌한 수다쟁이다.

퇴근하고 집에 와서 저녁밥을 먹으면서 아이의 하루 일과를 들으면, 재미가 있다. 그런데, 그 재밌는 것도 가끔 너무 피곤할 땐 듣는 것도 귀찮아질 때가 있다.

아이는 샤워를 하는 중간에도 이야기를 한다.

"양치질은 다 하고 나와서 말하면 안될까?"

머리 드라이할 때도 계속 말한다.

"머리 다 말리고 말하면 안될까?"

"엄마, 나 학교에서 나박김치를 만들었거든? 한번 맛봐봐. 어때? 시원하지. 오이랑 배는 내가 썰었고, 당근은 모양 내는 걸로 찍었어. 맛있지?"

"근데 엄마가 지금 조금 피곤한데 이따가 말하면 안 되겠니?"

*

"흥! 나는 엄마에게 있었던 일을 다 말해주고 싶은데, 듣지도 않고!"
"미안해, 미안해. 알았어, 다 얘기해줘."

가끔, 딸랑구의 수다를 듣다가 "엄마 좀 피곤한데." 하려다가도 순간, '아, 이러면 안되지.' 한다. 이렇게 신나서 이야기하던 때를 지나 다 커서 나에게 말하기 싫어질 때도 있을 텐데 하는 생각을 하면, 지금 더 열심히 들어주고 같이 이야기해야겠다 싶다.

#20171219 #딸랑구_100months

*

가장 행복한 순간

"엄마는 언제 제일 행복해?"
"잠잘 때...(너무 뜬금없는 질문, 일단 만사 귀찮은)"
"난 엄마랑 같이 그림 그릴 때 제일 행복해."

갑자기 졸린 눈이 번뜩 떠지며,
침대에서 일어나 같이 그림을 그렸다.

네가 행복하다니, 내가 움직여야지...
그나저나, 아보카도 그리기 왜 이렇게 힘드니.
내일 더 칠해야지... 흑.

#20190318 #딸랑구_115months

*

딸랑구의
따끔한 한마디

나는 기본적(?)으로 유한 편인데, 화도 많다.
늘상 화에 가득한 건 아니고, 평온하다가 갑자기 욱하는 경우가 있다.(사주에 화밖에 없다더니 그래서 그런가 ㅎㅎ 여튼)

어제도 집에 살랑살랑 웃으면서 들어가서 애들에게
"오늘 재밌었어? 아유 우리 귀염이들, 우쭈쭈쭈" 하며
신나게 굴다가, 애들이 게임만 하고 말을 해도
안 듣고 해서 나도 모르게 화를 버럭버럭 냈는데...
딸랑구가 한숨을 푹 쉬며 혼잣말한다.

"에휴, 아까는 친절하더니."

나도 기복 없이 언제나 친절한 내가 되고 싶다...

#20181005 #딸랑구_110months

*

맘과 말이 달라서

딸랑구가 전화로, 올 때 뭐 좀 사오라고 하면
"아, 힘들어, 엄마 거기까지 못 가, 싫어, 안 해."
하다가도, 결국 사가지고 가면 딸랑구는
"엄마는 꼭 사 올 거면서 안 산다고 그러더라?"
딸랑구가 한입 먹어보라고 먹을 걸 입에 넣어주려고 하면
"아, 나 그거 안 먹어! 너나 먹어!"
하다가도, 결국 입 벌려 받아먹으면 딸랑구는
"엄마는 꼭 이렇게 먹을 거면서 안 먹는다고 그러더라?"

내가 좀 그래.
투덜투덜하면서 할 건 다함.

#20191111 #딸랑구_123months

*

우리 엄마를 돌려줘

"엄마, 요즘 왜 변했어?"
"뭐가?"
"엄마 요즘 나한테 화내고."
"나 예전에도 화는 잘 낸 것 같은데."
"아냐, 우리 엄마는 친절하단 말이야."
"우리 엄마 어디 갔어? 우리 엄마 빨리 돌아와!"
엄마를 돌려달라며 외치다 잠들었다.

나 요즘 화가 늘었나

#20200513 #딸랑구_129months

*

엄마가 해준 건
뭐든지 맛있어

목요일은 아이들 학습지 선생님이 오는 날.
어느 때보다 집에 빨리 가서 애들 밥을 해주느라 시간이 빠듯하다. 어제도 8시 반에 집에 도착해서 20분만에 밥을 먹이려고 햄, 계란, 단무지 이렇게 세 가지만 넣고 후다닥 김밥을 말았다.
맘이 급해서 모양도 대충 신경도 못쓰고 한 줄 한 줄 마는 대로 애들을 먹였다. "아유, 너무 급하게 해서 모양이 별로네. 맛이 없을지도 몰라. 엄마가 대충 해줘서 미안해!" 라고 말했다.
딸랑구는 "아냐, 엄마. 엄마가 한 건 다 맛있어. 뭐든지." 라면서 "엄마도 먹으면서 해." 하고 김밥을 썰고 있는 나에게 하나씩 먹여준다. 아들랭도 옆에서 엄지척을 한다.
남편군이 옆에서 보다가, 내가 정신없이 하는 모양새가 별

*

로였는지, 옆에 다가왔다. "비켜봐. 내가 할게."
딸랑구는 "안돼요! 엄마가 하는 게 맛있단 말이에요!" 라고 남편군을 막았다.

딸랑구 말만 들으면, 뭐든 더 잘할 수 있는 맘이 든다.
가끔, 내가 아이들에게 의욕을 주는 것보다, 내가 받는 게 많다는 생각이 든다. 엄마는 잘 할 수 있어!!!

#20171013 #딸랑구_98months

*

힘나는 리액션

"엄마가 저녁에 김치볶음밥을 해 줄게요."
"오예!"

"엄마가 저녁에 짜장밥을 해 줄게요."
"오예!"

"엄마가 저녁에 새우볶음밥을 해 줄게요."
"오예!"

"엄마가 오늘은 힘드니까 계란 후라이만 해 줄게."
"오예!"

매번 뭘 해준대도 아들랭 리액션이 좋아서 힘이 난다.

#20180305 #아들랭_126months

아들랭과 딸랑구

주말, 엄마의 늦잠을 대하는 아이들의 자세.

딸랑구 – "엄마, 그만 자. 일어나. 같이 놀아."
아들랭 – "엄마, 더 자. 내가 밥 챙겨 먹을게."

*

셀카에도
서로 다른 반응

가끔 셀카를 찍고 나서
애들한테
어떤 게 제일 잘 나왔냐고 물어본다.

딸랑구 - "이거!!"(내가 원하는 걸 콕 찝어줌)
아들랭 - "다 똑같은데?"

#20151113 #딸랑구_75months

*

비가 오는 날

비가 세차게 내리치던 어제 저녁.

딸랑구 – "엄마, 비가 오는 건 하느님이 우는 거야. 엉엉엉 하고."

엄마 – "하느님이 슬픈 일이 있나 보네.(시큰둥)"

아들랭 – "엄마, 하늘이 하느님이야. 근데, 난 하느님이랑 친구야."

엄마 – "하느님이랑 네가 왜 친구야?(의구심)"

아들랭 – "하늘은 매일 나랑 놀아주거든."

뭔가 말이 안되고 되고를 떠나서 엄한 대화를 하다보면 재미있다. 하느님의 친구라니. 하늘의 친구라니.

#20170818 #아들랭_119months

*

이래도 저래도 나를 닮았어

딸랑구가 다정한 목소리로 엄마, 엄마 하면서 눈을 깜빡깜빡하며 다가오면 필시 돈을 달란 소리다. 어제도 밥 먹는 나에게 "엄마아~" 하고 다가와서 팔짱을 끼길래, "게임하고 싶은 거 아니면 돈 달라는 거구만." 하고 무덤덤하게 말했다.
"나 오천 원만~." 액수도 늘 같다. 이천 원 아니면 오천 원. 나도 매일 주진 않고, 기분이 내킬 때 주는 정도인데, 어제는 지갑에 마침 잔돈이 있어서, 오천 원을 선뜻 꺼내줬다.

천 원짜리 한 장이 남길래, 아들랭 보고 "너도 뭐 사먹을 거 있어? 천 원 가질래?" 라고 물었다. 아들랭은 고개를 절레절레하며 필요 없다고 한다. 과자 같은 거 먹으면 얼굴에 뭐가 나서 안 먹는단다. 아들랭은 돈을 준다 해도 잘 안 받고, 심

*

지어, 내가 지갑에 잔돈이 없거나, 현금이 급하게 필요할 때 선뜻 자기 돈을 꺼내서 주기까지 한다. 가끔은 “엄마 돈 필요 없어? 내가 줄까?” 이러기까지(내가 돈이 없어 보였나…)

한 명은 맨날 손 벌리고, 한 명은 맨날 돈을 준다고 한다.
아들랭 보면 어릴 때 내 모습 같고,
딸랑구는 현재 내 모습 같다.

#20130721 #아들랭_70months

*

나처럼 해봐

아들랭이 어제 마트에서 사온 팽이를 돌려보는데,
난 아무리 해도 잘 안 돌아가고 실패했다.

"엄마, 나도 첨에 안됐는데 아빠가 하는 거 보고 계속 계속 따라 했어. 그리고 속으로 생각을 계속 하면서 했어."

"엄마도 생각을 하면서 해봐."

#20130721 #아들랭_70months

*

결국은
좋다는 뜻이지?

애들 학교 상담 다녀오면,
그저 아무일 없이 친구들이랑 사이좋게 즐겁게 지낸다는 말만 들어도 안심이 된다.
그 와중에
나는야, 친절하고 밥해주고 비비탄 총 사주는 엄마.

Ⅲ. 부모님과의 관계

■ 나와 부모님과의 관계를 점수로 나타내면? (10점이 가장 좋은 것입니다.)

1점	2점	3점	4점	5점	6점	7점	8점	9점	10점
									○

■ 부모님의 어떤 점이 좋습니까? (엄마, 아빠 중에 한 사람을 선택해도 좋습니다.)

엄마. 친철하고 좋다

엄마. 밥 해주고 비비탄 총 사주다

위는 딸랑구 아래는 아들랭(글씨 어쩔)

#20180911 #딸랑구_109months

*

다르게 키워야 할 이유

딸랑구와 아들랭의 대화를 가만히 들어보니 아들랭은 자기 그림을 보고 "나 잘 그렸지?" 하고 물어본다. 딸랑구는 자기 그림을 보고 "아...나 잘 못 그렸지?" 라고 물어본다.
아들랭은 딸랑구의 그림을 보고 "우헤헤! 넌 못 그리네." 라고 말한다. 딸랑구는 아들랭의 그림을 보고 "우와, 오빠 잘 그린다. 귀엽다." 라고 말한다.
사실, 객관적으론 딸랑구가 훨씬 잘 그리는데...
그러고 보면 평소에도,
아들랭은 (잘못해도) "난 좀 잘해." 라며 으쓱거리고,
딸랑구는 (잘해도) "난 못하는 것 같아." 라며 부끄러워 한다.

성향이 서로 다르다는 걸 다시 한번 느낀다.
내가 대하는 태도도 달라야겠다는 것도.

#20170617 #딸랑구_94months

*

너는 그리기 중독
나는 눕기 중독

내가 매일 그림 한 장씩만 그리랬는데,
집에 오자마자 앉아서
혼자 이것저것 맹렬히 그리는 딸랑구.
"엄마, 나 이상하게 자꾸 그리고 싶어.
그림에 중독된 거 같아."
그림 수업 첫 날부터 중독이라니...

나도 그림 중독이란 것 좀 되고 싶은데...
눕고만 싶다.

#20190223 #딸랑구_114months

*

마음에
담아두지 않기

어제 애들에게 화를 낸 일을 혼자 반성하며,
아침에 일어난 애들에게 다정하게 인사를 했다.
아침에 하하호호 웃으며 기분이 좋은 딸랑구를 보며 갑자기 든 생각을 물어봤다.
"유밍아, 넌 엄마가 막 혼내고 해도 금방 까먹지?"
"응, 맞아! 나 맨날 까먹어. 학교에서도 월요일에 탐구요리 수업 가야 하는데 맨날 까먹고 그래."
"음 그래."

우리 집에서 맘에 담아두는 사람은 나뿐인 듯.

#20190728 #딸랑구_119months

*

인생은 안단테

어젯밤에 딸랑구 샤워를 시키려는데,
계속 사탕만 먹고 있다.
"빨리 좀 먹어! 빨리 목욕하게! 언제 다 먹을래?"
딸랑구가 "천천히 느릿느릿 해도 돼." 라고 말했다.
"엄마, 빨리빨리 하면 넘어져. 길에서도 빨리빨리 뛰면 안되고. 사탕도 천천히 먹어야 해. 느릿느릿하게."

그래, 맞다. 뭐가 그렇게 급했는지. 빨리 씻기고, 빨리 설거지하고, 빨리 정리하고, 빨리 누워야겠다는 생각에 애들을 재촉했다. 어른인 나는 늘 급하기만 했지. 천천히 하는 걸 배워야 해.

#20140422 #딸랑구_56months

*

행복하면
나쁜 짓을 안 해

딸랑구에게 하루에도 몇 번씩
“차 조심하고, 사람들 조심하고. 골목길로 다니지 말고.”
이런 말들을 자주 한다.
딸랑구는 “사람을 왜 조심해야 해?” 라고 묻는다.
“세상엔 좋은 사람들만 있는 게 아니거든.”
“엄마, 세상 사람들이 다 행복했으면 좋겠어. 나처럼.
나같이 행복하면 나쁜 짓을 안 할 텐데.”

다들 너처럼 자주 행복감을 느끼며 살았으면 좋겠다.

#20180109 #딸랑구_101months

사랑을 안하면 사는
니라고. 사랑을 하면 사는
다.

잘 자라 우리 아가

아이가 자면서 킥킥거리면
그 꿈 속에 들어가 보고 싶다.

자는 모습은
갓난아이 때만 천사인 줄 알았더니
다 컸는데도 쌔근쌔근 하는 모습이 천사네.
가슴에 담고 출근해야겠다.

*

이상하게 말려드네

딸랑구의 자기 전 대화.

"엄마, 우유 먹고 싶다. 우유 잘 먹으면 응아가 잘 나오고 씩씩해지고 머리가 건강해지고 머리가 똑똑해지고 그래서 공부도 잘해지고 키가 커지고 그래서 위에 꺼 책도 꺼낼 수 있어. 피자만 먹으면 머리가 못생겨져. 엄마, 내 말이 맞아, 안 맞아?"

"그래, 네 말이 맞아. 내일 우유 많이 사올게."

"아니, 두 개만 사와"

#20130203 #딸랑구_42months

*

똑똑해지는 법

딸랑구랑 둘이 침대에서 나란히 앉아서 책을 읽다가(원래 책 잘 안 읽는데, 갑자기 날 따라서 한다고 책 3권쯤 들고 들어옴) 딸랑구가 책을 대충대충 넘기더니 “아, 재미없다.” 하면서 내려 놓는다.

“엄마, 어디서 봤는데 베개 안에 책을 넣고 자면 똑똑해진대.”
“아우 어디서 그런 말을 들었어. 책은 읽는 거지!”
“아냐, 진짜 그렇대.”
하면서 책을 베개 밑에 두더니 머릴 대고 눕는 것이다.

“진짜로 똑똑해지는지 함 해볼까?”
그렇게 잠시 누워있더니, 초저녁잠이 들었다.

#20190224 #딸랑구_114months

*

따라쟁이

저녁에 자기 전에 샤워하라는 말에 딸랑구가 하기가 싫은지 침대 위에서 뒹굴뒹굴, 밍기적밍기적거리기만 한다.
빨리 하라고 다그치니,

"아... 힘들다, 힘들다 생각하면 더 힘든 것이다. 나는 할 수 있다, 할 수 있다." 혼잣말을 하며 벌떡 일어나는데, 그 말을 듣고 빵 터졌다.

내가 평소에 하는 말인데, 그 말을 똑같이 따라 하고 있어서.

#20190328 #딸랑구_115months

*

꿈을 꾸고 싶은 이유

딸랑구도 나를 닮았는지 꿈을 잘 꾸는데,
매일 눈뜨자마자 꿈이야기를 해준다.
듣다 보면 웃기고 귀여운 꿈이다.

"엄마, 요즘은 나 꿈을 안 꿔(실망)."
"안 꾸면 좋지 뭘. 푹 잘 수 있고."
"아니야, 난 꿈 꾸는 게 좋아.
그리고, 꿈을 꿔야 매일 할 얘기가 더 많단 말이야.
아침부터 할 말이 많아지면 너무 재밌어.
오늘 저녁엔 꼭 꿈을 꿔야 하는데."

#20200501 #딸랑구_129months

*

눈에 선한 엉덩이들

아침에 유난히 이불 속에서 밍기적거리는 아들랭에게 "우쭈쭈쭈, 우리 강아지, 어서 일어나용, 엄마 출근한다." 하면서 엉덩이를 토닥토닥해줬다.

눈감고 있던 딸랑구가 "난 왜 엉덩이 안 때려줘?" 라고 투덜거리며 엉덩이를 내민다. 아침에 엉덩이 두 대 때려주고 왔다.
일하면서도 순간순간 자주, 보고 싶다.
귀염둥글이들.

#20141218 #딸랑구_64months

*

크지 마,
울 애기

훌쩍 커버린 아들랭을 보고 "우리 애기가 언제 이렇게 컸냐..." 하며 꼭 안아줬는데, 애기 냄새가 나던 아이에게 이제는 남자 냄새가 나서 나도 모르게 울어버렸다. 눈을 떠보니 11살 아들랭은 여전히 아기 같은 모습으로 자고 있었다. #꿈

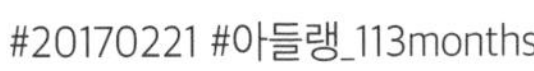

#20170221 #아들랭_113months

*

잘 때가 젤 이뻐

애들이 잠들려고 할 때, 옆에서 부시럭거리면 아이들이
잠이 깰 듯 말 듯 눈을 뜰랑말랑 하려는 순간이 있다.
이불을 다시 덮어주며
"에구구구. 엄마야 엄마. 더 자 더 자, 우리 강아지. 더 자요."
라고 말하며 토닥토닥해주고 이마에 뽀뽀를 해주는 그 순간
제일 행복하다.
10살도 12살도, 자는 모습이 가장 귀엽다.

#20181218 #딸랑구_112months

*

아우 예뻐

애들은 잘 때 왜 이렇게 사랑스럽고 예쁠까.
살짝 벌린 입술도 예쁘고, 속눈썹이 내려앉은 감은 두 눈도 예쁘고, 숨소리도 예쁘고, 코를 골아도 듣기 좋고, 가만히 얼굴을 대보면 콧바람도 향기롭다. 너무너무 예뻐서 나도 모르게 '아우 예뻐, 아우 예뻐'를 자꾸 되뇌게 된다.

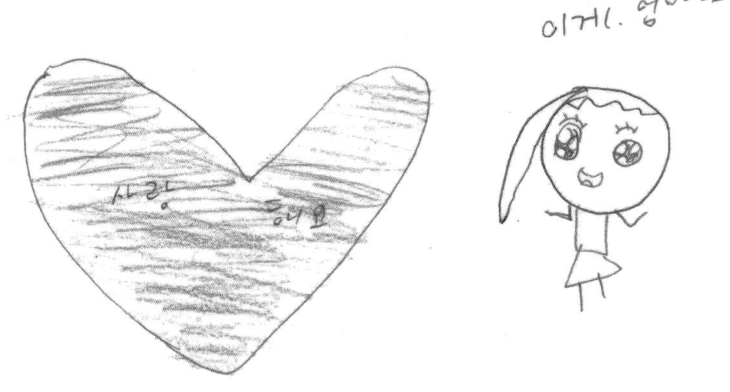

#20190116 #딸랑구_113months

*

꿀잠 자는 꿀팁

"엄마, 나는 잠을 아무 데서나 잘자. 침대에서 잘 자고, 바닥에서도 잘 자고. 차에서도 잘 자고, 계단(?)에서도 잘 자."

"그래, 너 진짜 누우면 1분 안에 잠들더라."

"히히힛, 엄마, 내가 잠을 잘 자는 꿀팁 하나 알려줄까?"

"뭔데?"

"내가 자고 싶은 곳을 찾아. 그리고 거기에 누우면 끝!"

정말 어디서나 누우면 1분 안에 쌔근쌔근 꿀잠 자는 딸랑구.

#20190603 #딸랑구_118months

*

기분 풀어

실컷 혼을 내고 눈물 뚝뚝 흘리게 만들다가,
잘 때 등 돌리고 누워있는 딸랑구를 살살 흔들면서
"야아~자기 전엔 우리 기분 풀고 자자... 엄마가 미안해."
하고 속삭이다가,
애가 눈 감고서 피식피식 웃으면
그때야 맘이 놓이는 소심한 엄마.

#20190329 #딸랑구_115months

잘 먹고 잘 크기

우리 아들랭이
어느 순간부터 짜장면을
먹지 않고 짬뽕을 주문한다.
그리고, 시원하다고 한다.
벌써 이렇게 컸나.

*

복을 먹는 아이

나를 부엌으로 이끄는 힘은, 애들이 밥을 잘 먹는 모습을 볼 때이다. 이전에 식욕이 없다던 우리 엄마마저도 딸랑구 밥 먹는 모습을 보고 인정했다.
"잰 왜 이렇게 밥을 맛있게 먹냐. 앞에서 보고 있으면 나도 한 숟가락 더 먹고 싶을 정도다."

정말 나도 이 아이가 밥 먹는 모습만 보면, 자꾸 웃음이 난다. 복이 입으로 들어가는 것 같다.
없던 식욕도 상승시켜주는, 앞사람을 숟가락 들게 하는 초초 매력의 그녀.

#20150405 #딸랑구_68months

*

착각이라도 좋아

애들이 "밥 더 줘!" 하면서
두 그릇, 세 그릇 더 달라고 하면,
"에이, 저녁에 너무 먹으면 배 아파." 라고
말하면서도 내 입은 히죽히죽 웃으며
내 손은 이미 밥을 더 퍼주고 있다.

내가 오늘은 반찬을 좀 맛있게 했나?
하는 생각이 들어서 기분이 좋아진다.
오늘도 성공!

#20170226 #딸랑구_90months

*

자고 일어났는데

자고 일어났는데, 벽에 낙서가 한가득.
“이거 누가 그랬어?!” 화나서 물어보는데,
쫄랑쫄랑 뛰어와서,
“응, 여긴 내가 그렸고, 저긴 오빠가 그렸고,
이건 공룡이고...” 라며
아무렇지도 않게 작품 설명을 해주고
유유히 떠나는 딸랑구.

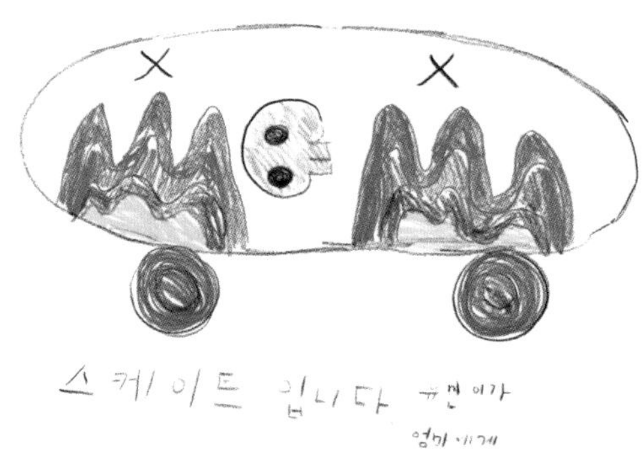

#20131222 #딸랑구_52months

*

그 땐 맞고,
지금은 틀리다

어릴 적 애들이 집안 곳곳에 그린 낙서와 그림으로 엉망이 된 우리 집 벽은 아직도 도배를 새로 하지 못하고 그대로 보존(?)되어 있다. 10살이 된 딸랑구가 문득 벽을 보다가 묻는다.
"엄마, 나 옛날에 벽에 낙서할 때 좀 말리지 그랬어. 왜 나 그냥 뒀어."
내가 화들짝 놀라며,
"아, 엄마가 얼마나 말렸는데! 맨날 화내고 뭐라고 하고 그래도, 너 말도 안 듣더만. 혼내면 다른 벽에 가서 그림 그리고."
딸랑구는 "내가 그랬어?" 라며 실실 웃기만 하는데 귀엽다.
그 당시에도 혼내면서도 막상 하는 모습이 귀여워서 그냥 뒀다는...

#20180327 #딸랑구_103months

*

철없는 엄마

난 아이들이 벽에다 낙서하는 걸 좋아한다.
처음 살던 집에서 아들랭이 처음 일어나서 첫 낙서를 하던 순간 어찌나 기뻤던지! 그림이 점점 높이 그려져 있을 때마다 키도 점점 크고 있구나 느낄 수 있었다.
근데 막상 어린이가 되면서부터 노트를 찾아 그리며 벽에 그리는 횟수가 줄어드는 걸 보면 얘들이 철이 드나 싶어 아쉽다.

#20130731 #아들랭_70months

*

우주최강 초긍정
울트라 파워

내가 뭐라고 혼을 내도, 1분도 안돼서 장난치는 아들랭이 너무 신기하다. 기분이 처져 있는 걸 보질 못했다. 시험 문제도 다 틀렸는데, 자기가 우주 최고로 공부를 잘한단다.
그나저나 우리집 벽은 난장판이구나... 도배해야지...
우주최강 초긍정 아들랭.

#20160906 #아들랭_108months

*

딸랑구의 착한 일

퇴근하려니 딸랑구가 전화를 한다.

딸랑구 – 엄마, 할 말이 있어! 좋은 소식이야! 내가 착한 일을 했거든!

엄마 – 뭔데? 집에 택배온 거 엄마대신 뜯어줬어?

딸랑구 – 아니. 내가 길을 걸어가는데, 어떤 할머니가 지나가는 거야. 근데 바람이 불어서 할머니 모자가 날아간 거야. 그래서, 모자가 찻길에 떨어진 거야. 그래서! 내가 뛰어가서 주워서 할머니 드렸어.

엄마 – 야아... 그건 넘 위험하잖아. 그러다 차 오면 어떻게 하려고!!

딸랑구 – 차가 멀리서 천천히 오고 있어서 괜찮았어. 그랬더니, 할머니가 나한테 고맙다고 천 원을 줬어!

엄마 – 야아... 찻길은 위험해. 조심해야 했었다고!

딸랑구 – 아냐, 좋은 할머니였어. 난 너무너무 신이나!!

*

세상이 흉흉하니 아무나 막 도와주지 말라고
평소에 그렇게 말했는데도,
딸랑구는 기쁨에 벅찬 목소리로
자기가 잘한 일을 알렸다.
덩달아 기분이 좋아졌다.

#20190502 #딸랑구_117months

*

남매의
그림대결

엄마 그리기 대회.

근데, 내가 좀 웃기게 생겼냐.

왜 계속 웃기만 하냐.

#20150928 #딸랑구_73months

*

시간은
이렇게 흐른다

자려다가 아들랭 손을 만져보았다.
그런데, 왜 손이 보들보들하지 않지?
(얼굴 살은 보드라운데, 손이 얼굴만큼 매끈하지 않네.)
어디서 밭일이라도 하고 온 것처럼.
2년쯤 지나면 나랑 손 크기가 같아질 것 같다.
내 손의 반의반의 반도 안 됐던 시절이 있었는데.
시간이 흐른다는 걸 이렇게 느낀다.

#20140218 #아들랭_ 77months

*

어제보다
한 뼘 더 자란

아침에 눈뜨자마자 보이는 딸랑구 얼굴. 어제보다 더 예뻐지고, 어제보다 한 뼘 더 큰 것 같은 모습을 보며 "아유, 밤사이에 더 예뻐졌네." 말해주며 하루를 시작하는 것이 즐거움이다. 손크기도 점점 나랑 똑같아지는 것 같아서.
오통통과 자글자글.

#20190607 #딸랑구_118months

*

만화는
애들이나 보는 거야

"엄마, 나 이제 만화 안 봐. 할머니가 보는 거 볼 거야."

아침부터, 드라마 보고 혼자 매니큐어 바르는 너.

난 누워서 구경 중.

혼자 진짜 바쁘네.

#20150829 #딸랑구_72months

*

이빨 요정은 누구?

어제 저녁, 딸랑구의 아랫니가 며칠째 흔들려서
치과에 갔다. 이를 뽑고 치과를 나가려는데
"아, 나 이빨 가져 갈래." 하면서 자기 걸 챙겨갔다.
빠진 이를 보면서 "엄마, 나 이거 침대 밑에 두고 자면
이빨 요정이 와서 선물이랑 바꿔줄까?" 라고 말했다.
"글쎄, 네가 그렇게 바라면 그럴지도. 한번 해봐."
아침에 일어나서 내 화장대 서랍을 열어보니,
그 안엔 딸랑구의 빠진 이빨이 놓여져 있었다.

선물을 챙겨줘야 할 이빨 요정은 나인 건가.

#20170908 #딸랑구_97months

뿡~ 뿡~
헤헤헤
2019 3 30

사랑받기 위해 태어난 딸랑구

가끔 엄마는 궁금해.
"너 그런 애교 짓은 어디서 배웠어?"
"응, 나 혼자 알게 된 거야."

*

네 살의 꿈

딸랑구가 그런다.

"연재언니처럼 될 거예요.
지금은 작아서 못하는데,
크면 잘할 수 있어요."

나 진짜 체조시켜야 해?
손연재가 방송에서 러시아 가면
한 달에 삼천만 원은 든다는데.
하하하하하.

#20120930 #딸랑구_37months

*

놀라운 다이어트 비법

외출 준비 중
유민이에게 티셔츠를 입히는데
배가 너무 꽉 끼는 것이다.

"유민아, 옷이 넘 꽉 낀다."
"엄마! 살 빼면 되잖아.
쉬 많이 하고 응가 많이 해서 살 뺄 거야.
그래서 날씬해지면 되지."

오늘의 교훈 : 화장실을 많이 가면 절로 다이어트가 된다.

#20130223 #딸랑구_42months

*

옷이 잘못했네

어제 딸랑구 니트를 하나 사서 들어갔다.
내가 사랑하는 도트무늬 입혀볼 기대 한 가득 안고.
그런데 막상 입혀보니...머리가 안 들어가...

"엄마, 내가 머리가 커서 그래."

라며, 쌩글쌩글 얘기하는 딸랑구.

"아냐! 이 옷이 잘못됐어! 엄마가 더 예쁜 걸로 사 올게."
했는데,
아무리 봐도 이 목구멍(?)이 너무 작은 거 같다.
못된 옷.

#20131219 #딸랑구_52months

*

오빠야~~~~

딸랑구는
엄마는 "엄마!"
아빠는 "아빠!"
이렇게 부른다.
그런데, 오빠에게는 항상,
태어나면서 지금까지,
"오빠" 부르지 않고
"오빠야~~~~~!" 하고 부른다.
'야'자 하나 붙였을 뿐인데,
너무 귀엽잖아.
"오빠야~~~~~~" 라니.

#20130926 #딸랑구_49months

*

엄마는 누님!

딸랑구가 남편군에게
“아빠는 이제 엄마를 누님이라고 불러.
엄마가 우리 집에서 제일 나이가 많으니까.”
라고 말해서 웃겼는데,
그 후로 딸랑구도 나에게 누님, 누님 그런다.

“누님! 제가 그 동안 못해드린 말이 있습니다.
사랑합니다.”
많이 웃긴다. 난 솔직히
딸랑구 땜에
웃는 일이 많다.

#20170302 #딸랑구_91months

*

딸랑구의
유쾌한 에너지

2년간 딸랑구를 가르치던 학습지 쌤이 그만두시고,
지난주부터 새로운 선생님이 오셨다.
굉장히 엄숙하고 자분자분 말씀하시는 선생님인데,
수업을 마치고 나가면서 한마디 하신다.

"유민이 보면 제가 힘이 없이 왔다가도,
에너지를 얻고 가요. 얼마나 에너지가 넘치는지,
즐거워요."
울 딸랑구 에너지 파장이 크긴 해.
같이 있으면 옆 사람이 힘이 남.
혼을 내도, 몇 분 후에 바로 다시 즐거워하니
난감할 때도 있음.

#20190510 #딸랑구_117months

*

별별 걱정

딸랑구는 오늘 별 걱정을 다한다.

"엄마! 나 살 빠지면 어떡해?"
"빠지면 좋지, 뭔 걱정."
"그럼 옷들이 다 커지잖아. 그럼 못 입잖아!"
"아유, 다시 사면 되지 뭔 걱정?"
"돈 아깝잖아."

#20190724 #딸랑구_119months

*

엄마가 잘못했네

딸랑구는 어제 오늘 다이어트를 하겠다고 선언했다. 자기는 왜 이렇게 살쪘냐며 투덜투덜, 롱보드 타려면 날씬해야 한다며 투덜투덜, 내일부터 채식만 하고 굶겠다며 투덜투덜. 거기까진 좋았는데,
"엄마, 왜 어릴 때 나 살 빼라고 안 했어?"
"엄마, 대체 어릴 때 나한테 뭘 먹인 거야? 나 고기만 먹었어?"
막 흥분하다가 이렇게 마무리.
"엄마, 근데 나 살 빼면 완전 예쁠 것 같아."

오늘부터 매일 먹는 것과 운동한 내용, 몸무게 기록하는 노트를 써보라고 했다. 쓰기 싫다는 것을, '3개월간 쓰기만 해도 살이 빠진다'며 설득했다. 같이 살 빼야지. 나도 작년 옷이 하나도 맞지 않는다.

#20200510 #딸랑구_129months

*

딸랑구의 꿈

"저는 청소아줌마가 되고 싶어요.
세상을 깨끗하게 해주잖아요."
딸랑구의 꿈을 듣자마자 빵 터졌다.
그... 그래... 뭐가 되든 네가 좋다면.

#20160604 #딸랑구_82months

*

딸랑구의 꿈 2

“엄마, 나는 경찰이 되고 싶어 하잖아.
그런데, 화가도 되고 싶거든.
그래서, 점심시간에 그림 그리는 경찰이 되려고.
‘화경’이 되는 거야!”

#20190323 #딸랑구_115months

*

나나 잘 하세요

그림 수업 갈 때마다 딸랑구랑 티격태격한다.
"너 물 좀 많이 넣어서 색깔 연하게 좀 해라."
"싫어! 난 내 맘대로 할 거야!"
잔잔한 수업에서 우리 둘만 시끄러운 듯. 그럴 때마다, 쌤이 나서서 중재해주신다.
"그림은 작가 마음입니다. 엄마는 엄마 것만 잘하시면 됩니다." (나나 잘하자)

쌤의 이야기도 조언도 대충 흘려 듣고 그냥 자기 맘대로 그리고 칠하는 딸랑구. 하지만, 완성하고 나면 괜찮다. 묘하게 '야수파' 느낌도 나고. 확실히 집에서 혼자 그리는 것보다 시간 내서 여럿이 한 자리에서 그릴 때 집중도 되고, 다른 사람들 그림도 보고 재미있다. 각자 조용히 그림만 그리고 있어도, 한 공간 속 '우리' 라는 따뜻함이 느껴져서 좋다.

#20190427 #딸랑구_116months

*

이런 자존감

딸랑구가 집에서 입는 잠옷 반바지의 허벅지 쪽 봉제선이 터져서 구멍이 생겼는데 그걸 굳이 계속 입고 다닌다.
"유밍아, 그 옷은 이제 좀 버리자. 구멍도 점점 커지는 것 같은데 그만 입어."
"싫은데? 난 이 옷이 좋은데. 엄마, 다리가 가려우면 옷 위로 긁어야 하잖아. 그런데 이 옷은 구멍이 있어서 바로 긁을 수 있어서 좋아." 악 ㅋㅋㅋ

심지어, 밖에서 입는 외출복에 구멍이 생겨도 입는다. 가끔 혼자서 거울을 보다가
"엄마, 난 좀 살이 쪘어도 귀여운 것 같아. 나 좀 예쁘지 않아?"

자존감 넘치는 말이다. 난 조금만 살쪄도 무너지는데.

#20200206 #딸랑구_126months

*

이런 말 배우는
학원이 있나??

세상 달달한 말들을 들어봤어도,
딸랑구의 한마디가 감동인 하루들.
근데 얘, 어디서 뭐 배우나.
귀여운 말들을 매일 메모해둔다.

1.
엄마, 나에겐 병과 알레르기가 있어.
엄마가 화낼 때 내가 왜 놀라는 줄 알아?
엄마가 화내면 내가 놀라는 알레르기가 있어서 그래.
근데, 엄마만 보면 내가 왜 웃는 줄 알아?
엄마만 보면 행복해지는 병에 걸렸기 때문이야.
나는 태어날 때부터 이 병에 걸려서 고치는 약이 없어.

*

2.

엄마는 누굴 위해 태어났어?

나는 엄마를 위해서 태어났다구.

엄마가 아니면 난 안 태어났을 거야.

하늘에서 오빠랑 놀고 있는 엄마를 보니 너무 심심할 거 같아서 내가 태어나줬다구. 엄마 심심하지 말라고.

그걸 모르다니.

#20200811 #딸랑구_132months

*

이런 자존감 2

딸랑구 학교 담임선생님은 남자분인데도 세심한 것 같다. 가끔 전화를 해서 학교에서 아이가 어땠는지 말해주고, 집에서는 어떻게 지내는지 물어본다. 어제는 딸랑구가 수학시험을 많이 틀려서 몇 명 모아서 나머지 공부를 같이 했다고 한다. 그런데 다 못 풀고 가서 내가 같이 봐주길 부탁한다고 말했다. 집에 가서 수학 시험지를 보니 여기저기 틀린 게 우수수. 나도 모르게 한숨이 푹 나왔다.

"엄마, 수학 못해도 괜찮아!
그리고 난 수학만 못하잖아."

이런 위로는 내가 해줘야 할 거 같은데
정작 본인 입으로 다 하다니...

#20200708 #딸랑구_131months

FB
2019 3/30

아들랭은 츤데레

아들랭 생일날.
"생일인데, 뭐 먹고 싶어?"
남편군이 아들랭에게 물었다.

"엄마가 먹고 싶은 거요."

*

로맨틱한 일곱 살

퇴근을 하고 오니,
아들랭이 그림을 한 장 그리더니 나에게 내민다.
분홍색 이쁜 여자는 엄마고,
자기가 엄마에게 꽃을 선물하는 거란다.
그래서 엄마가 기뻐서 얼굴이 빨개졌단다.
감동이 송글송글한다.
일곱 살 남자도 이리 로맨틱하거늘!!

#20130704 아들랭_70months

*

엄마의 변신

어제 아들랭 학교에 찾아갔을 때,
아들랭이 날 보고 본 척 만 척 행동한 것에 대해
퇴근 후 불만을 토로했다.
"너는 엄마를 보면, 엄마~~~~~~하고
달려와 안겼어야지! 너 엄마가 부끄러워??"

여전히 시크하게,
"엄마가 아닌 줄 알았어."

나 어제 너무 변신하고 갔나.

#20140327 #아들랭_78months

*

세상의 아이들은 모두 다 내 아이들이다

아들랭의 학교에서 '책 읽어주는 엄마' 활동을 신청하고 오늘이 그 첫 날.

사람들 앞에서 부끄러워하는 내 모습은 애들 앞에서도 여지없이 드러나, 나를 걱정의 눈빛으로 바라보던 우리 아들랭.

나름 구연동화 자격증도 있어서, 책 읽는 순간엔 재밌게 잘 읽어 주었는데 막상 처음과 끝이 어색했던 이 느낌. 계속하면 잘할 수 있으려나.

내가 잘하고 못하고를 떠나서, 애들은 애들.

잘 들어주는 아이, 장난치는 아이, 잘 웃어주는 아이, 말 많은 아이, 시큰둥한 아이, 불만스러운 아이.

어떤 모습이든 내 눈에는 사랑스러웠다는 것.

내가 우리 아들랭의 엄마일 뿐만 아니라, 이 모든 아이들의 엄마라는 생각. 우리 아이만 잘 키울 게 아니라, 모든 아이들이 같이 행복해야 한다는 생각.

*

사회적 엄마로서 책임이 크다는 생각이 들었다.
이 세상 모든 아이들이 수많은 엄마아빠들의 사랑으로 건강하게 자라기를 기도한다.

#학교에간엄마 #20140417 #아들랭_79months

아들랭은 츤데레

*

엄마의 취향

"엄마는 내 거다"

라면서 수갑 채우는 아들랭.

나 왜 이런 멘트가 좋지?

#20150917 #아들랭_96months

*

협상의 우위

새끼손가락을 내밀며 아들랭에게 말했다.
"아들랭아, 엄마랑 약속 하나만 해."
"뭔데?"
"엄마는 네가 유민이를 잘 돌봐줬으면 좋겠어. 동생을 잘 챙겨주는 게 엄마 소원이다. 진짜."
"(손가락을 거부하며) 엄마 소원은 나 공부 잘하는 거 아냐? 하나만 선택해, 소원이 너무 많아."

덜덜... 나랑 이제 협상도 하네. 그런데 난 공부 잘하라고 한 적 없는데. 열심히 좀 하라고만 했지...

#20161221 #아들랭_111months

*

엄마를
사랑하는 이유

술 한 잔 먹고 흥에 겨운 남편군이 초3 아들랭에게 "넌 아빠가 좋아, 엄마가 좋아?" 라는 유치한 질문을 던졌다.
아들랭은 "엄마요" 라고 대답했다. 뭐, 그 정도야, 자주 듣던 말이니, 난 속으로 피식 했다. 당연한 거 아냐?

"왜? 왜 엄마가 좋아?"
"먹고 살아야 하니까요."
아들랭의 대답은 우리를 박장대소하게 만들었다.
"엄마가 밥도 주고, 엄마 옆에서 자야 하고, 엄마가 뽀뽀도 해주고..."

생존을 위한 사랑이라니... 웃으면서도 눈물이 날 뻔 했다.

#20160915 #아들랭_108months

*

아들랭의
찡한 말

아이들을 친정집에 2주간 맡기게 되었다. 방학이기도 하고, 내가 삼시 세끼 챙겨주기가 버거워서. 안 가겠다고 몸부림을 쳤던 아이들인데, 막상 보내놓으니 잘 놀고 있다. 더구나, 아들랭은 열흘 밤을 잘 잘 수 있다고 전화까지 했다. 요즘은 아들랭이 희한하게 기특해진다. 마트에서 계산하는데 "내가 빨리 돈 벌어서 우리 엄마 대신 계산해줘야지."라고 해서 옆에서 듣던 마트 아줌마가 웃었다.

점점, 찡한 말을 잘한다. 나는 자식을 그저 '내 곁에 잠시 머물다 가는 손님'으로 여기고, 어릴 때 그저 잘해주자 생각한다. 아이들이 나중에 어른이 되어서, 몸이 멀어지게 되면 이런 다정한 말들이 자꾸 그리워질 것만 같다.

#20170112 #아들랭_112months

*

나의 첫 번째 사랑

맨날 딸랑구 에피소드, 딸랑구 사진만 올리니 내가 딸랑구만 있는 엄마 같겠지만, 사실 내가 삶을 살아가는데 은근히 의지하고, 힘을 주는 사람은 아들랭이 큰 몫을 한다.
그렇게 귀여웠던 이 놈이 아홉 살 넘어가면서 카메라만 대면 피하거나 괴상한 표정만 지어서 어느 시점부터 제대로 된 사진 한 장 남기기 힘들었다. 딸랑구처럼 재미나고 특이한 에피소드도 없고, 가끔 나에게 주는 편지는 충분히 감동은 있으나 맞춤법이 막 틀려서 어디 보여주기도 애매했다.
요즘은 늘 동생을 못살게 하는 나쁜 오빠 포지션이라 늘상 내가 화를 내느라 지치기도 했다.

아들랭의 자는 모습을 계속 지켜보고 있으니, 항상 귀염귀염한 딸랑구와는 달리, 이 아이에게는 어디 묵직한 구석이 느껴졌다. 심부름을 시키면 말은 안 듣는데, 내 생일날 구

*

두 사주겠다며, 하굣길에 지나오는 시장에서 봐둔 구두가 있다며 '엄마가 맘에 안 들면 어쩌지' 하며 시큰둥하게 내뱉는 아이의 혼잣말이 어쩐지 모르게 사랑스럽다는 생각이 들었다.

그래, 넌 내가 맨 처음 고백했던 가장 사랑스러운 아이인데, 한동안 무심했어. 보기만 해도 힘이 되는 존재였구나, 너는.

#20170513 #아들랭_116months

*

기대 반, 의심 반

아들랭과의 밥상머리 대화.
"엄마, 아마 목요일에 학교(상담)오면 선생님이 그럴 거야."
"뭐라고?"
"나는 선생님을 매일 웃겨주고 재미있는 사람이라고."
"네가 뭘 하는데 선생님이 좋아해?"
"몰라. 선생님이 나만 보면 웃어."

정말 그런지 목요일에 가서 확인해봐야지.
주말에도 친구들이랑 논다고 나가더니, 만난 친구들이 여자만 다섯 명... 점점 여자들이랑 친하게 지내네.

#20180403 #아들랭_127months

*

대답 없는 너

"짜파게티 먹을 사람 와라, 오빠가 사준다."
라고 아들랭이 카톡 대화명을 바꿨는데,
ㅎㅎㅎㅎ 진짜 웃기네.
6학년이 오빠라고 하면
4, 5학년 동생 사준다는 건가?!
며칠 전엔 "나랑 밥 먹으러 갈래?" 라고 써두더니.
아들랭에게 카톡으로 말했다.

"나 사줘. 엄마나 사주라고!!"

그 후로, 대답이 없다.

#20190719 #아들랭_142months

*

대답 없는 너 2

아들랭이 4학년이 되면서 점점 말도 잘 안 듣는 것 같고, 학교생활도 열심히 안 하는 것 같아서, 내심 신경이 쓰였다. 일단 뭘 말해도 대답을 잘 안 하니 속만 터지고...
그러다가 어제 저녁밥을 하는데, 아들랭이 기웃기웃하면서 "나도 할래." 그런다. 평소 같으면, "아, 그냥 가 있어, 정신 사나워." 하면서 못하게 하기도 했는데, '어쭈? 이 녀석이 뭘 하고 싶단 말을 하네.' 라는 생각이 들어 "그래? 그럼 네가 해봐." 하면서, 하게 냅뒀다.
"달걀 깨. 소금을 넣어. 토마토를 볶아. 두부 뒤집어. 불 좀 줄여." 이것저것 옆에서 시키는데, 은근히 잘한다.

"오, 잘하는데? 소질이 있네!" 라고 말해주니까 아들랭은 으쓱거리며 "요리를 좀 배워야겠어. 엄마 없을 때 내가 해먹게." 라고 그런다. 음식도 자기가 그릇에 담더니, 평소엔 시

*

켜도 안 놓던 수저도 식탁에 놓고, 동생도 불러서 밥 먹으라고 적극적이다. 먹을 때도, 뭘 많이 안 먹는 스타일인데, 밥 한 그릇을 다 먹고, 반찬도 자기가 만든 건 다 먹었다.

오늘따라 말도 더 많이 하고, 아들랭이 신나서 뭔가를 하는 걸 오랜만에 봤다. 내가 하라는 걸 강요하지 말고, 하고 싶은 걸 하게 해 줘야지.
요즘은 하도 게임을 좋아해서. "엄마랑 같이 게임 할까? 엄마도 핸폰에 게임 깔고, 너랑 같이 할래." 했더니, 거기에 대해선 답이 없고 웃기만 한다. 그건 같이 하기 싫은가 봐...

#20170720 #아들랭_118months

*

대답 없는 너 3

jtbc에서 하는 〈열여덟의 순간〉이라는 드라마를 빨래 널다가 우연히 보게 되었다. (내가 좋아하는) 옹성우가 나오길래 계속 봤는데, 아들랭도 재밌는지 낄낄대다가 둘이 같이 끝까지 보게 되었다.

거기서 서울에서 혼자 자취하는 고딩 옹성우가 자기 엄마랑 카톡을 하는데, '우리 애기 사랑해', '나도' 이런 내용을 주고받는 것이다.

울 아들랭이 보더니 "엄마는 왜 나한테 사랑한다고 카톡 안 보내?!" 하며 툴툴거린다.

순간 헐. 내가 그렇게 사랑한다고 했건만.

"아이구 그랬쩌용? 울 귀염둥이 사랑해. 울 아들랭 사랑해." 하며 오구오구 하고 있다가... 나 또 버럭.

"근데 이놈의 자식!! 내가 맨날 카톡 보내면 대꾸도 없는 놈이!! 짜파게티 사달라니까 대꾸도 없던 놈이!"

#20190722 #아들랭_142months

*

츤데레의 사랑법

거실 소파에 누워서 티비 보고 있는데,
아들랭이 담요를 가져와서 덮어주고 간다.
"나는 감기 걸렸지만, 엄마는 감기 걸리지 말아야지."
무심하게 한마디 툭 던진다.

딸랑구의 사랑스러운 애교도 좋지만,
아들랭의 무뚝뚝한 챙김에 더 감동을 받는 것 같다.
며칠 전엔 할머니한테 받은 오만 원을
나 쓰라고,
내 손에 살며시 쥐어 주고 갔다.

#20181018 #아들랭_133months

*

츤데레의 대화법

11시에 집에 들어가니,
아들랭이 안자고 나와서 인사를 한다.
"이노므시키 왜 안자고 있어?"
"엄마 기다리려고."
당연히, 게임하느라 안 잔 거겠지만,
말이라도 다정한.

"오늘 학교에서 축구 잘했어?"
"아니. 엄마가 응원 안 해줘서 졌어."

별말 아닌데,
다정한 말들이 오가면 설렌다.
그 설렘을 담아서 하루하루 지낸다.

#20190920 #아들랭_144months

*

자칭 사춘기

아들랭이랑 같이 집에 오는데,
“엄마, 나 사춘기가 왔어.” 란다.
“오잉? 그래? 사춘기가 어떤 건데? 엄마가 뭐 해줘야 해?”
라고 농담처럼 물어봤다.
“나에게 자유를 줘.” 란다.
“엄마가 볼 땐 지금도 너무 자유로운데.” 라고 했더니,
“더 자유가 필요해.” 란다.
듣고 보니 웃기네.
나도 자유가 필요해.

#20181122 #아들랭_134months

*

자칭 사춘기 2

"엄마, 사춘기가 오면 힘이 세진대."
"너 힘 아직 안 세진 걸 보니 사춘기 아닌 거 같은데?"
"나 힘세!! 그리고, 사춘기는 거울을 많이 보게 된대."
"그래, 너 맨날 거울보고 점 빼고 싶어 하잖아, 사춘기 맞네!"
"사춘기는 가족들이랑 떨어져 있고 싶어 한대."
"너 혼자 있고 싶어? 엄마랑 있기 싫어?"
"아니. 그리고, 우울증이 생길 수도 있대."
"아 진짜? 근데 아들랭아, 너 갱년기는 들어봤니? 4, 50대 엄마들에게 오는 건데... 갱년기가 오면 너네 사춘기처럼 우울증이 생기기도 하거든. 근데 어쩌지, 엄마도 갱년기가 올지 몰라... 누가 더 우울할까..."(아들랭 말없이 자리에서 일어남...)
자칭 사춘기라는 오학년 아들랭이 이리 귀여울 줄이야.

#20181122 #아들랭_134months

*

자칭 사춘기 3

아들랭이 변했다.
집에 오면 게임만 주업으로 삼던 아들랭이 언젠가부터 BTS에 빠져서, 집에만 오면 노래를 틀어 놓고 춤 연습을 한다. 연예인과 가요에 관심이라곤 없던 아이가 'DNA'가 뭔지 딸랑구랑 둘이서 진지하게 추는데 난 속으로 웃겨 죽을 뻔 했다. 못해서 웃긴다기보다 귀여워서 웃음이 빵. 거기다 워너원의 '나아 냐'까지... 명찰까지 만들어서 붙여 달고, 연습을 한다. 샤워를 하면서도 춤 연습을 하고, 식당에서도 밥을 다 먹고 혼자 춤을 춰 댄다. 그런 걸로 자기들이 즐거우면 그만이니, 난 뭐든 좋게 생각하지만, 갑자기 안 하던 춤을 추니까 신기할 뿐.
자기 전에 푸시업을 하고, 팔벌려뛰기를 하고, 근육을 만들어야 한다고 한다.

*

"엄마, 나 어른 되면 잘생겨질까?
난 지금 못생긴 거 같아."

얼굴에까지 관심이 생겼다. 하지만,
내 눈엔 네가 제일 잘생겼는데.

#20171215 #아들랭_123month

*

아들랭의 심쿵포인트

어제 저녁에 수업이 있는데, 아들랭이 학습지를 다 안 풀어서 좀 잔소리를 해댔더니, 내가 설거지할 때 옆으로 쪼르르 다가와서,
"앞으로 잘할게요."
아들랭 입에서 먼저 그런 말이 나오는 게 신기했다.
화가 났다가도, 그저 웃음만 나왔다.
샤워하고 머리 감고 나오더니, 또 쫄쫄 따라다니며 와서
"머리는 엄마가 말려줘요."
머리 말려주겠다면 귀찮아하던 애가 나한테 말려달라는 게 웃겼다.

무뚝뚝한 애가 한번씩 말을 건네면, 심쿵한다.

#20190918 #아들랭_144months

*

설마 내가 했음?

애들이 그린 그림, 편지를 모아둔 봉투를 열어봤다.
딸랑구만 나에게 주구장창 편지를 써준 줄 알았는데,
아들랭의 편지들과 그림도 몇 장 발견했다.
너무 반가운 나머지 '엄마는 나의 보물이야, 엄마 사랑해
어쩌고 저쩌고' 적힌 편지를 찍어서
아들랭에게 카톡을 보내줬다.
[와! 우리 아들랭이 이런 것도 써 줄 때가 있었다니.(감동)]
[내가 했음?(내가 설마 이런 짓을 할 리가? 하는 반응)]
[니 이름, 니 글씨 안보이냐?]
[오....]
나도 놀랐는데 본인이 더 놀라워함.
이렇게 다정하게 편지 써주는 날이 또 오려나.

#20200602 #아들랭_153months

*

와 우리 김형래가 이런것도 써줄때 가 있었다니. 놀랍네

내가 했음?

니 글씨, 니 이름 안보이냐?

오~

+

아들랭은 츤데레

Part 8

못 말리는 현실 가족

요즘 딸랑구에게 뭘 못하게 하면
"엄마 딱 한번만,
시키는 대로 다 할게. 제발"
그런다.
시키는 대로 다 한대...
그게 더 무서워.
무슨 조직?같아...

*

결혼이몽

애들이 차 안에서 대화.

아들랭 – 난 엄마가 좋으니까 엄마랑 결혼할 거야.
그러니까 넌 아빠랑 결혼해.
딸랑구 – 아니야. 결혼은 큰 남자가 필요해.
엄마는 아빠랑 결혼해야 해.
오빠는 나중에 나랑 결혼해야 해.
아들랭 – 난 너랑 결혼 안 해!

#20130810 #딸랑구_48months

*

엄마는 내 꺼야

아들랭과 딸의 대화 중에서

딸랑구 – 엄마는 내 엄마야. 난 엄마랑 결혼할 거야.
　　　　오빤 아빠랑 결혼해.
아들랭 – 여자끼리 결혼하면 여자 애기 나와.
딸랑구 – ……
아들랭 – 엄마는 내 엄마야. 나는 엄마 뱃속에서 나왔고
　　　　넌 알에서 나왔어.

애들의 엄마집착.
초등학생이 되면 사라질 이야기라고 하니 지금 많이 들어두어야겠다. 어흑

#20130825 #딸랑구_48months

*

내 그림 건들지 마

딸랑구가 화가 나서 달려왔다.
"엄마!!!!! 오빠가 내 그림에 콧구멍 그려놨어!"
그렇다.
우리 딸랑구는 평소 사람 그림에 코를 그리지 않는다.
하하하, 코가 너무 웃기다.

#20130920 #딸랑구_49months

*

남매 도전!!

집에 둘 곳이 없어 처분하려 분해해둔 미끄럼틀을, 아빠가 없는 사이, 아이들이 조립을 시도한다.
여동생은 "힘내라 힘! 오빠! 쪼끔만 힘내.
오빠는 할 수 있어! 잘한다 오빠!" 옆에서 응원을 맡는다.
혼자서 슈퍼 울트라 파워 상남자 포스를 내뿜던 오빠는 더 이상은 힘들었는지
"야! 너도 가만 있지 말고 좀 같이 도와줘!" 이런다.
여자라고 봐주지 않는 건 꼭 아빠같구나.
난 그냥 가만히 보고만 있다.
아무리 해도 안될 걸...

#20140309 #딸랑구_55months

*

어긋난 사랑

딸랑구는 오빠를 너무 좋아해서, 가끔 오빠가 자기를 싫어 한다며 속상해한다.
이 까칠한 오빠가 어찌하면 다정해지려나.
이놈의 오빠는 읽는 둥 마는 둥 던져버리네.

+아홉 살 오빠야 생일에 쓰는 일곱 살 여동생의 카드.
+한 놈은 다정이 모자라며, 한 놈은 다정이 넘쳐.

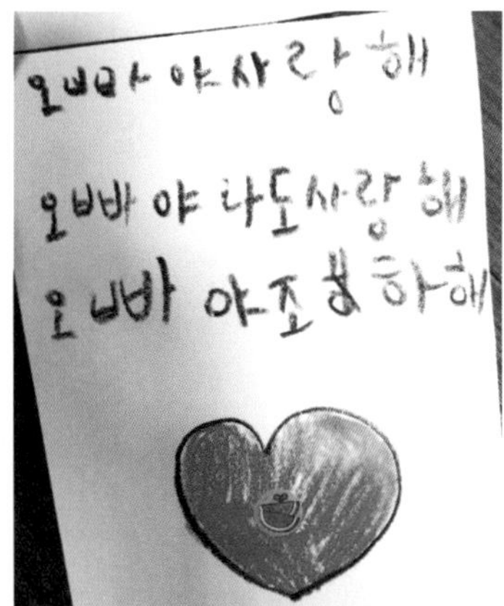

#20150818 #딸랑구_72months

*

어긋난 사랑 2

어린 오빠가 여동생에게 눈맞춰주며 다정하게 말하는 모습.
왜 이렇게 보기 좋냐? 그런 집도 있구나.
울 아들랭은 자기 동생을 못 놀려서 안달이 났는데...
맨날 "이 못생긴 김밥머리!!" 라고 부르고
말 안 들으면 안 놀아준다고 협박하는 그런 오빠.

그런데, 김밥머리 별명 너무 귀엽지 않나.
사실 울 아들랭이 '김밥머리!' 하고 부를 때 무척 귀엽다.

#20170602 #딸랑구_119months

*

어쩌라고

딸랑구가 목이 아프대서 배즙 좀 마시라고 했다.

딸랑구 - 엄마는 왜 맨날 나만 생각해? 오빠도 좀 생각해.

생각해주면 생각해준다고 뭐라고
안하면 안해준다고 뭐라고

#20191012 #딸랑구_122months

*

그 까이 꺼

거실에서의 대화

유지인 – 이번 달은 뭐 이리 쓴 게 많아!!! 돈도 없는데. 휴...
(한숨)

딸랑구 – (가만히 듣고 있다가 아빠를 보며) 아빠, 엄마한테 돈 좀 주세요. 기분 풀어지게요.

남편군 – (딸랑구를 보고 웃으며) 하하. 왜 아빠한테 그래. 엄마한테 얼마 주면 되는데?

딸랑구 – (2초간 생각하다가) 3천원이요. 아, 아니다. 5천원이면 좋겠어요.

남편군 – (빙그레 웃으며) 그 정도는 충분하지! 만 원 줄게!
(그리고 거실에서 조용히 퇴장)

#20150823 #딸랑구_72months

*

현실 부부

"아빠가 엄마한테 패딩 잠바를 사주려고 하는데, 어떤 색이 좋을까?"
"엄마는 핑크색 좋아하니까 핑크로 사줘요."
남편군과 딸랑구가 거실에서 속닥거리는 걸 들었을 때, 참으로 흐뭇했다지. 어쩐 일로 자발적으로 뭘 사준다고 해서.

다음날, 남편군에게 카톡이 왔다.
'집에 기름이 없어서, 패딩 살 돈으로 우선 보일러 기름 넣는다. 담에 사줄게.'

#20181031 #딸랑구_110months

*

질투의 화신

우리집 거실 벽엔 딸랑구 백일사진과
돌사진 액자가 걸려있다.
아들랭이 벽에 있는 딸랑구 백일사진을 보다가 새삼,
“엄마, 재 누구야?(어릴 땐 얼굴이 좀 비슷?)”
“유민인데.”
“저기도 유민이고, 저것도 유민이고. 나는 왜 없어?
엄마는 유민이만 예뻐하고!!”
“네 액자는 예전에 할아버지가 가져가셨어.”
왜 날 더 안 예뻐하냐고 툴툴거리는 건 딸랑구만 그런 줄 알았는데 아들랭이 그러니 무척 신선했다.
여하튼 우리집 세 사람(?)은 서로들 자기만 안 예뻐한다고 투덜투덜.

#20190910 #딸랑구_121months

*

아빠는
어디가 좋게?

“내가 엄마를 왜 좋아하는지 알아? 엄마 어디를 제일 좋아하게?”

“글쎄.”

“얼굴이야. 얼굴이 예뻐서 좋아.”

“엄마는 이제 다 늙었는데…”

“아냐!! 엄마가 제일 예뻐. 근데, 아빠는 어딜 좋아하게?”

“몰라.”

“아빠는 팔이 좋아.”

“팔?”

“팔이 단단해. 아빠 팔은 만지면 시원해서 좋아. 근데 만지다가 따뜻해지면 별로야.”

내가 보기엔 단단한 팔이 아니라 그냥 살찐 팔 같은데…

#20190117 #딸랑구_113months

*

누나 말을 잘 들어요

핸폰 충전기를 안 가져와서 남편군에게 빌려달라고 했는데, 자기도 써야 한다고 투덜댄다. 듣고 있던 딸랑구가 한 마디 한다.

"아빠가 좀 양보해... 엄마가 누나잖아..."

뒷말이 더 웃긴다.

"아빠는 삼십 살이고, 엄마는 사십 살이잖아... "

(왜 아빠 나이는 팍 줄이고 엄마는 높임?)

#201608027 #딸랑구_84months

쌩뚱발랄 동심의 세계

우당탕탕 집으로 뛰어오면서 딸랑구가,
"엄마! 생쥐 좋아해요? 생쥐?
우리가 생쥐 잡아왔어요!"
"아니!!! 싫어해 !!!!"
(제발 그런 건 잡지 말렴...)

*

폭소 코드

고속도로에서 창문을 잠깐 여니,
시골의 스멜이 차 안으로 스멀스멀.
“누가 똥쌌어?”
“아빠가!”
“아니! 유민이가! 아우 지독해!”

서로 네가 네가 하다가,
십 분쯤 떠들고 웃겨 죽다가
뒹굴다가.

#201401031 #딸랑구_53months

*

폭소 코드 2

열받는 일이 있어서 나도 모르게 눈물을 흘리고 있었다.
남편군이 내 고개를 쳐들더니,
"유민아! 엄마 코피 난다. 화장지 좀 가져와!"
라고 딸랑구에게 말했다.
난 콧물인 줄 알았는데. 보니까 진짜 코피...
이 엄숙한 분위기를 더 이용해야겠다 싶어 더욱 엉엉엉 울었다.
그런데 "엄마 코 판 거 아니에요?"
라는 딸랑구의 한마디에
나는 울다가 빵.

그 이후로 코피만 나면 자꾸 환청이 들린다.
엄마코팠어? 엄마코팠어? 엄마코팠어??...

#20140215 #딸랑구_54months

*

맛있는 코딱지

전주 친정에 내려가는 길.
막히는 고속도로에서 장시간 있다 보니
딸랑구는 계속 조잘거리다가 별 얘기를 다하네.

"엄마, 내 코딱지 먹을래?"
"너 먹어."
"이쪽(왼쪽)은 오렌지 맛이고, 이쪽(오른쪽)은 포도 맛이야."
"……."
"엄마는 오렌지 맛 먹어."
"후룹, 맛있네!!" (먹는 시늉으로 훈훈한 마무리)

#20130210 #딸랑구_42months

*

내 방귀가 어때서

딸랑구가 방에 들어와서 방귀를 뽕.
“너 왜 하필 엄마 앞에서 그러는 건데!”
“왜 어때서, 내 방귀는 꽃방귀인데.”
“ㅋㅋㅋ 뭐래.”
“나는 엄마의 사랑을 많이 먹어서 방귀를 뀌는 거야, 그것도 몰라?”

#20190423 #딸랑구_116months

*

만원의 행복

내가 돈이 없네 마네 이런 걸로 가끔 남편군이랑 투닥거리는데, 딸랑구가 만원짜리 한 장 가져와서 내 손에 쥐어준다.

딸랑구 - 엄마, 이거 써.
엄마 - 뭐야. 네 돈은 너나 써.
딸랑구 - 이걸로 엄마 좋아하는 화장품 사.
엄마 - 만원으로 뭘 사? 십만원은 있어야지.
딸랑구 - 그럼, 이걸로 밥이라도 사먹어, 된장찌개 오천원이면 먹을 수 있거든? 거기다 공기밥 천원이야. 사천원 남지? 그걸로 엄마 사먹고 싶은 거 사먹어. 엄마가 좋아하는 박하맛 껌 하나 사먹고 남는 걸로 옷 사입어.(? 응?)

#20190527 #딸랑구_117months

*

몬스터 대학교

아들랭이 '몬스터 대학교'를 보여달라는 게 아니라
'몬스터 대학교'에 가고 싶단다.
"보는 거 아니고?" 재차 물었더니, 가는 거란다.
"거기가 어딘데?" 했더니, 영어하는 곳이란다.
외국으로 유학 보내야 하나...
몬스터들이 있는 곳으로...

#20130831 #아들랭_71months

*

교훈인가,
가훈인가

"엄마, 우리도 교훈을 만들자."
"갑자기 웬 교훈? 혹시 가훈 아냐? 가훈?"
"아 ㅎㅎㅎ 맞아."
"근데 뭘로?"
"사이좋게 지내자!"

대충 살아서 가훈 같은 건 생각도 못했네. 오랜만에 듣는 가훈. 어릴 땐 학교 숙제로 내주면 아빠에게 물어 보려다가 '거짓말하지 말자'로 대충 써서 낸 것 같은데.

#20200525 #딸랑구_129months

*

내리사랑

어릴 때, 아빠가 내 발가락을 자꾸 깨물어서
아파 죽겠는데 왜 그러나 했는데,
이제 그 느낌을 알 것 같다.
딸랑구 발가락을 깨물어보니
짭조롬달달하다.
그녀는 오늘도 나에게 발을 내민다.

"엄마, 내 발가락 먹어"

#20141123 #딸랑구_63months

*

처음 뵙겠습니다

2009년 7월 24일 늦은 오후
일산의 한 병원에서 이 세상에 나온 딸랑구는
눈 앞에 있던 아빠를 처음 보고
이렇게 말했다고 한다.

"누구세요?"

자기가 이렇게 말하는데 왜 이렇게 웃겨.

"처음 뵙겠습니다. 엄마, 아빠"

#201507029 #딸랑구_71months

*

엄마들이 겨루면
누가 이길까

애들끼리 TV 만화 〈안녕 자두야〉를 보는 중이다.
아들랭이 딸랑구에게
"짱구 엄마랑 '놓지마 정신줄'에 나오는 엄마랑
자두 엄마 중에서 누가 제일 셀까?" 물어봤다.
"당연히 자두 엄마지! 싸우면 다 이길걸?"

내가 듣다가 옆에서
"야, 엄마가 제일 세지 않냐?" 라고 물어봤다.
딸랑구는 "아냐! 엄마가 제일 약해, 약해빠졌어!!"
라고 그런다.
약해빠진 엄마라니...

#20181126 #딸랑구_111months

*

09년생이 온다

"엄마는 왜 맨날 같은 티만 입어?"
"잉? 나 갈아입었는데?"
"엄마는 매일 큐티!"

"엄마, 따라해봐. 짜장면 3천원."
"짜장면 3천원."
"쫄면 4천원."
"쫄면 4천원."
(갑자기 손바닥 치더니 날 놀래킴)
"엄마, 쫄았으니까 4천원 줘!!! 4천원! 4천원!"

09년생의 이런 유머어...

#20200519 #딸랑구_129months

*

딸랑구는 숙면 중

앗? 아침에 출근하려니 딸랑구가 벌떡 일어나길래
“엄마 안녕 해주려고 일어났어? 우리 이쁜이가?”
하고 감동받았는데,
그냥 아무 말없이 저렇게 앉아있다가 다시 잔다...

#20131120 #딸랑구_51months

*

딸랑구는 숙면 중 2

늦은 시각, 집에 들어가니
"우리 딸랑구가 아직까지 안 자고 엄마 기다리고 있었어?!"
감동하려는데, 사실은 이 자세로 잠을 자고 있던 거였다는 사실...

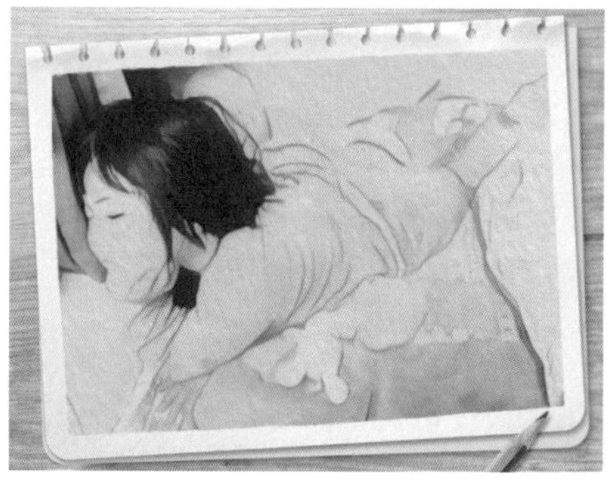

#20131221 #딸랑구_52months

*

좀비의 세계

"엄마, 만약 엄마가 좀비가 되면
난 엄마를 피하지 않을 거야.
그냥 엄마에게 물릴 거야.
그리고 나도 같이 좀비가 될 거야.
좀비끼리 소통하면 돼."

코로나 이야기 하다가,
바이러스 걸리면 어떻게 되냐고 하다가
갑자기 뜬금없이 내가 좀비가 되면 어쩌냐고
혼자 걱정하더니,
나와 같이 좀비의 세계에서 살겠다는 딸랑구.
〈부산행〉을 봐서 그래.

#2020077 #딸랑구_131months

*

개미에 꽂힌 날

(딸랑구와 대화)

"엄마, 내가 걷고 있는데 개미가 옆에서 같이 따라왔어.
그런데 내가 (신호등 앞에서) 서니까, 개미도 멈췄어."
"그 개미 똑똑하네."

(아들랭과 대화)

"엄마, 개미가 나 물었어. 개미도 방학했으면 좋겠다.
나 안 물게."
"개미가 너 좋아하나 봐."

+아들랭, 딸랑구 둘 다 개미에 꽂힌 날.

#20150511 #딸랑구_69months

*

약발 좋은
엄마 말

딸랑구가 어제 아침부터 배가 좀 아프다고 전화를 했다. 차가운 물도 마시지 말고, 먹을 것도 넘 많이 먹지 말고, 배를 좀 따뜻하게 하고 있고, 좀 쉬라고 했다. 그래도 아프다고 해서 약을 좀 꺼내서 먹으라고 했다.

퇴근해서, 상태가 어떤지 물어봤다.
"너 배 아픈 건 어때? 지금은 좀 괜찮아?"
"어, 엄마가 약 먹으라고 하는 말을 배가 들었나봐.
그 말 듣자마자 바로 안 아파졌어."

어딘가 아플 땐, "약 들어간다" 크게 말하며
장기들에게 겁을 줘야 하려나.

#20200428 #딸랑구_128months

*

유레카

요즘 아들랭은, 새로운 진리(?)를 발견할 때마다 유레카를 외치듯이 말한다. 어제의 발견은 이것이다.

"엄마!!! 난 알아냈어.
사람이 죽으면 외계인이 되는 거야!"

그래, 엄마도 죽으면 외계인이 되어서
다른 행성에서 한 번 살고 싶다.

#20150330 #아들랭_90months

*

유레카 2

딸랑구랑 자기 전에
오늘 저녁에 우리나라 어디선가 지진이 났고,
지진이 어떤 건지 이런저런 이야기를 했다.
그저 웃기만 하길래
"너는 지진이 안 무서워?" 그랬더니,
"죽으면 어때?" 라는 거다.
나는 놀라서, "죽으면 우리 다 못 보는 거야.
그건 너무 슬픈 일이잖아." 라고 말했다.

딸랑구는 "죽으면 외계인이 되지. 외계에서 만나."
라고 말하고 몇 분 후에 바로 잠이 들었다.

#20160912 #딸랑구_85months

*

엄마를 생각하는 내 가슴이야

유민이가 냉장고에서 아이스크림을 꺼내먹으면서,
"엄마. 냉장고에 알슈크림 하나 있으니까 그건 엄마 거야.
엄마 먹어." 이러면서,
"엄마, 그건 내 가슴이야." 한다.
"뭐? 가슴?"
"응, 엄마를 생각하는 내 가슴이야."
가슴은 마음을 얘기하는구나... 감동이다...
......할 뻔했다.
생각해보니 어제 내가 아이스크림을 일곱 개 사왔는데,
애들이 각자 세 개씩 총 여섯 개를 다 먹고
결국 하나 남은 걸 나한테 인심 쓴 거네.
대단하다 니들!!!!!

#20131005 #딸랑구_50months

*

나 사고 쳤어

퇴근하기 2분 전에 울리는 딸랑구의 전화
그리고 다급한 목소리.

"엄마, 엄마! 나 큰일났어, 나 사고 쳤어!"
"뭔데. 뭐야. 왜! 무슨 일이야??"
"내가 있잖아! 내가... 내가... 엄마 마음을 훔친 일이야."
"..............."

넘 웃겨서 기록함.
웃기다. 웃겨.

그림
선물
사랑해요♡
유진이가
엄마에게

#20191028 #딸랑구_122months

*

빨려든다,
너란 애

딸랑구가 학습지를 풀다 말고 날 자꾸 쳐다본다.
“언제 다 풀 거냐. 그만 보고 얼른 풀어!”
“엄마는 엄마가 얼마나 예쁜지 알아?”
“헐. 왜 그래?”
“길가는 사람들한테 물어봐. 100명은 예쁘다고 할 걸?”
“헐. 너 왜 그래 갑자기?”
“아냐, 엄마보고 안 예쁘다는 사람 있을지 몰라도 내 눈엔 제일 예쁘거든? 내 눈이 제일 정확해!”
그리고, 직접 만든 빼빼로를 선물로 주었다!!
내가 다이어트라고 못 먹는다고 말하니 자꾸 하나만 먹어보라고 들이민다.

*

"엄마, 내가 이거 한땀한땀 이쑤시개로 찍으면서
식은땀 흘리면서 만든 거거든?
내가 특별히 좋아하는 사람이니까 만들어 주는 거야.
그러니까 꼭 먹어야 해. 맛있으면 0칼로리!"

정말 특이한 애다. 밑도 끝도 없는 드립.
가끔 개그맨 같아...

#20191111 #딸랑구_123months

*

빨리 답해봐

딸랑구가 보드에 적어 두고 빨리 답하래서
일단 귀찮아서 5번으로 동그라미 쳤다.

사랑은 어떻게 태어났을까?

1. 원숭이 2. 모름 3. 우주 4. 하느님

5. 궁금하지 않다. 6. 끝까지 모른다. 7. 알

#20200120 #딸랑구_125months

*

효도와 알바

오늘 저녁엔 딸랑구가 끓여준 어묵탕을 먹는데,
너무 맛있어서 냉장고에 있던
막걸리도 한 병 꺼내 마셨다.
딸랑구가 학교에서 요리를 배우니까, 참 좋다.
문제는 이제 밥 한번 차려달라고 하면
돈을 내야 한다는 것.

"엄마, 나는 어려서 돈을 벌려면 이 방법밖에 없거든"

하고 말하는데, 뭐라고 할 말이 없네.

#20191216 #딸랑구_124months

*

독창적이야

자려다가, 딸랑구 핸드폰을 열어봤는데, 저장된 가족 명칭이 재미있다. 그전까지는 그냥 엄마, 아빠, 오빠였는데, 지금은...

엄마 = 딸기

아빠 = 힘이세아빠

오빠 = 멋쟁이오빠

나 왜, 딸기지?

아침에 일어나면 물어 봐야지.

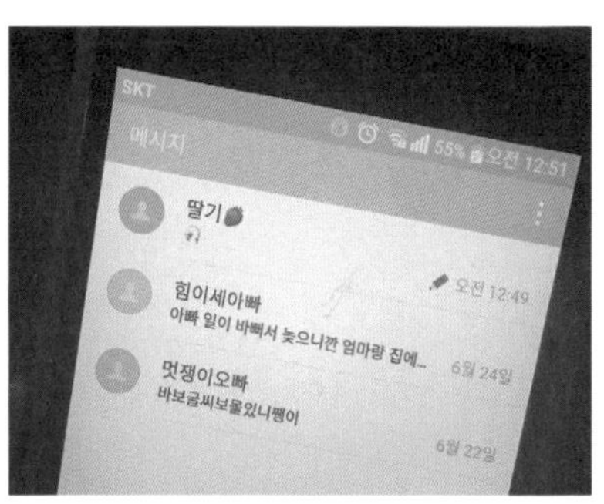

#20160625 #딸랑구_82months

*

도대체 어떤 냄새일까

“산에 오니 산 냄새 나지?”
하고 물어보았다.

딸랑구는 “메론 냄새, 딸기 냄새, 애벌레 냄새,
지렁이 냄새, 나무꾼 냄새가 나.” 라고 한다.

나무꾼 냄새가 궁금하다. 킁킁.

#20140506 #딸랑구_57months

*

잡을 수 없는 것들에 대하여

“엄마, 왜 공기는 손에 잡히지 않아?
난 잡고 싶은데.
물도 꼭 잡고 싶은데 안 잡혀. 왜 그럴까?”

딸랑구는 자다 말고 공기타령이다.
잡히지 않는 물과 공기라...
나는 그저, 잡을 수 없는 건 사랑이라 생각했는데.

#20190823 #딸랑구_120months

*

신박한 비유

달팽이가 손등을 지나가니
물이 나온다.
딸랑구가
"엄마 이건 달팽이 침이야.
내가 코딱지 팠을 때 맡은 냄새랑 똑같아."
라고 그런다.
비유가 참 신박해.

#20140713 #딸랑구_59months

*

난 다 기억해

"네가 엄마 뱃속에 있을 때
엄마가, 맨날 노래 불러준 거 알아?
기억나? 깊은 산속 옹달샘~ 누가 와서 먹나요~
이런 노래들 불러줬잖아."

"어, 기억나. 아빠가 배 만지면서
나한테 말 걸고 그랬잖아"

#20170626 #딸랑구_94months

*

난 다 기억해 2

"엄마, 내가 태어나자마자 실눈을 떴어.
그랬더니 엄마가 바로 보였단 말이야.
그래서, 난! 이렇게 예쁜 엄마가 나를 낳았다니!
라고 생각했다고."

"뭐야, 어떻게 그럴 수 있는데?"

"아냐! 나는 태어나자마자 보는 눈이 있었어!
그래서 엄마한테 첫 눈에 반한 거야"

#2020081 #딸랑구_132months

특별한 날의 마음

"엄마, 이번 크리스마스에 산타가 선물을 줄까?"
"기대하지 마, 이제 커서 안 줄 거야."
"그래? 그럼 내가 엄마한테 갖고 싶은 거 말해줄 테니까 엄마가 산타한테 전해줘. 엄마는 산타랑 친구잖아."

*

간절한 마음

"엄마, 나 엄마 말도 잘 듣고,
선생님 말도 잘 듣고,
할머니 말도 잘 듣고,
친구들하고도 사이좋게 지내고,
오빠랑도 안 싸웠으니까,
산타할아버지가 나 선물 많~~~~이 주는 거지?
엄마, 내 말이 맞지?"

이러면서 자기가 갖고 싶은 것들을 네다섯 개쯤 말한다.
내가 하나 알아들은 건 토끼 인형 하나.

#20121213 #딸랑구_40months

*

엄마도 산타가 필요해

“와~선물 엄청 좋다. 유민이가 갖고 싶어 하던 거네?
근데, 산타할아버지는 착한 애들한테 선물 주잖아.
유민이 말 안 들었는데, 혹시 이거
산타가 실수로 준 거 아냐?”
“엄마, 나 잠 잘 자서 그래.”
잠 잘 자는 착한 일한 우리 딸랑구!
맞네 맞아.

그런데 난 뭘 잘해야 산타가 선물을 주나요?
5년째 소식이 없군요. 에잇.

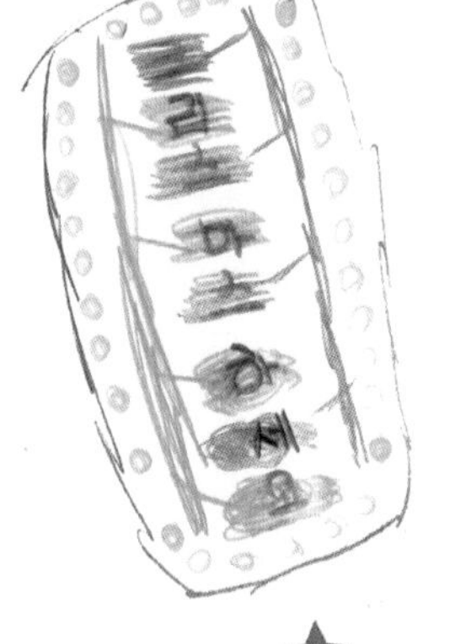

#20131225 #딸랑구_52months

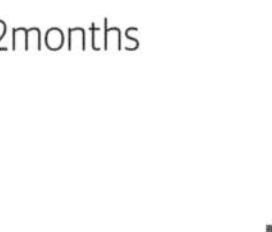

*

크리스마스의 악몽

이젠 크리스마스에 내가 뭘 받고 싶은지보다, 아이들에게 뭘 선물해 줘야 하나를 고민하게 되는 나이가 되었다. 나도 갖고 싶은 게 많지만, 산타는 나에게까지 온정을 베풀지 않는 것 같다.

크리스마스가 오면 아들랭 선물로 레고를 몇 번 줬던 게 문제였던 건가. 아들랭은 어느날 말했다. "엄마, 왜 산타는 나한테 레고만 주지? 산타가 정신 나갔나 봐." (덜덜덜, 난 네가 좋아하는 줄 알고, 계속 사준 건데) 이번에도 레고로 대충 사려고 했는데, 노선을 변경해야겠다.

아들랭과 딸랑구가 산타에게 받고 싶은 1순위 아이템은 바로, '파워레인저 다이노포스 티라노킹'이었는데, '인터넷으로 주문하지 뭐'라고 내가 너무 쉽게 생각했다.

이 아이는 전국 품절. 전국적 물량대란이 일어날 만큼 핫 아이템이란 사실을 이제야 알았다. 내 주변 마트에서는 물론,

*

인터넷으로 구할 수 없었고, 심지어 몇십만 원 이상의 웃돈을 붙여 암암리에 팔기도 하고 있었다. 무섭다... 그러다가 발견한, 할인 행사가 있었으니...
나 오늘 12시에 밥 안 먹고 광클릭해야겠다.
나에게 이런 심장 떨리는 시련을 주다니,
다이노포스 넌 누구냐.

#20141216 #아들랭_87months

*

산타의 유효기간

산타를 기다린다고 밤늦게까지 않자던 9살 아들랭과 산타를 만나면 사랑한다고 말해주고 싶다던 7살 딸랑구를 겨우 재우고 나도 모르게 잠이 들었다. 그러다 4시 반쯤 저절로 깨서 일단 어제 너무 급하게 사서 포장도 못한 채로, 선물을 현관문 앞에 갖다 놨다. 아이들이 일어나서 선물을 발견하고 아마 신나게 방방 뛰겠지. 눈이 안 와서 산타가 못 올지 모른다고 하니 눈물을 글썽이던 아들랭 두 눈에 웃음이 가득하겠지. 그리고 방안으로 뛰어 들어와서 "산타가 왔어요!!" 라고 소리치겠지. 나는 침대에 누워서 "으응... 진짜?!" 하면서 놀라듯이 말하겠지.
내 맘을 들었는지 딸랑구가 자면서 킥킥거린다.

산타의 낭만은 올해가 끝일까?

#20151225 #딸랑구_76months

*

산타의
커밍아웃

딸랑구가 물어본다.
“왜 엄마는 크리스마스에 선물 안 사줘?”
“어차피 산타가 줄 건데 뭐 또 받아, 엄마는 그냥 카드만 써서 줄게.”
사실 산타(가 주는 걸로 가장한) 선물은 다 내 돈 주고 사는 건데, 몇 년 전부터 매번 선물 안 사주는 엄마가 되어버렸다.

빨리 말해주고 싶다.
너의 산타는 나야, 매년 엄마였다고... 아빠 아니야...

#20161223 #딸랑구_88months

*

산타의 세대교체

크리스마스 아침.

아이들이 거실에서 선물을 발견하고 뜯어본다. 나는 방에서 자는 척 했다.

딸랑구 – 와! 산타가 내가 기도한 걸 들어줬나 봐.

아들랭 – 이거 엄마 아빠가 사 주는 거야.

딸랑구 – 이걸 엄마가 사줬다고? 이거 백만 원 넘는데? 이걸 엄마가??

(딸은 실바니안 토끼집 이런 거 백만 원으로 알고 있다. 내가 비싸다고 말한 적이 있어서)

딸랑구 – 오빠야, 진짜 산타는 없는 거야? 진짜 엄마 아빠야?

가만히 둘이 떠드는 걸 듣고 있다가 웃었다.

이로써, 산타 선물인 척 하는 것은 올해가 끝인가 보다.

그래도 나는 여전히 시치미를 뗀다...

*

딸랑구 - 그런데 엄마 아빠들은 산타 선물을 못 받는 거야?
아들랭 - 그건 우리가 줘야 하는 거야.
딸랑구 - 아... 엄마 아빠 건 우리가 사는 거야???

#20161225 #딸랑구_88months

*

기특과 깜찍 사이

딸랑구가 물었다.
"엄마, 이번 크리스마스에 내가 무슨 소원 빌 건 줄 알아?"
"글쎄, 장난감 받는 거?"
"이번에는 선물 말고, 엄마 건강하게 해달라고 소원을 빌려고."
일요일에 대장내시경 한다고, 밥도 안 먹고 약 먹고 힘없어서 누워있다가 새벽에 병원 간다고 하니까, 내가 어디 아픈 줄 알았나 보다. 기특해서 눈물이 날 뻔.

딸랑구가 전화해서 "엄마 , 오늘 학교에서 떡케이크 만들었거든? 그런데 너무 맛있어서 엄마 안주고, 내가 다 먹으려고, 알았지? 끊어." 라고 말한다.
맛있어서 나는 안 준대. 귀여워서 눈물이 날 뻔.

#20170410 #딸랑구_92months

*

엄마의 엄마

딸랑구에게 크리스마스니까 전주 외할머니에게 크리스마스 인사라도 보내라고 말했다.

“엄마도 안 보내면서 왜 나한테 그래?”

“외할머니는 네가 카톡 보내면 좋아하잖아. 그리고 엄마는 이미 카드도 써서 보냈고, 책도 선물로 보내 드렸어.”

“엄마, 무슨 책을 보내. 책 말고 산삼을 보냈어야지. 어른들은 그런 걸 좋아해.”

“외할머니는 책 좋아하시거든.”

“엄마랑 외할머니는 똑같네?”

그렇다. 책을 좋아하는 엄마에게 크리스마스 선물로 산 책과 내가 만든 책을 같이 보내 드렸다. 더 큰 선물을 못 보내 드려 죄송하다.

#20191224 #딸랑구_124months

*

유민데이의 유래

어제 크리스마스엔 아이들 산타 선물을 미리 준비하지 못했다. 이미 산타의 존재도 무의미해졌고, 그냥 당일 직접 데리고 가서 선물을 사주려고 했다.
그랬더니, 딸랑구는 맘이 토라져서 크리스마스가 뭐 이렇냐며 오후 내내 툴툴거리고, 자기 전까지도 눈물이 또르르...
“선물을 못 받아서 마음이 안 좋았구나. 엄마가 미안해.”
“몰라.”
“그런데 오늘은 예수님 생일인데, 우리가 꼭 선물을 받아야 하는 날은 아니지 않을까? 경건한 마음으로 축하하며 보내는 거야.”
“몰라.”
“예수님 생일에 선물받는 거 말고, 그냥 우리 유민데이를 따로 만들자! 그래서 그날 선물을 받는 거야, 어때?”
베개에 고개를 묻고 쳐다도 보지 않던 딸랑구가 고개를 휙

*

들어 눈을 반짝반짝거린다.

"아! 그럼 나는 5일로 정할래! 1월 5일, 2월 5일, 3월 5일, 4월 5일, 5월 6일..."

"하하하, 매달 유민데이가 있네? 좋아, 그렇게 하지 뭐. 그런데 왜 5월은 6일이야?"

"5월 5일은 어린이날이라서."

어제 하루 크리스마스에 선물을 준비 못한 죄로,
일년 13번 선물을 준비해야 한다. 생일은 또 따로.

#20191226 #딸랑구_124months

*

엄마표 수수팥떡

딸랑구야, 다섯 번째 생일을 축하해.
내 딸이지만 참 사랑스럽구나.
앞으로도 쭉 그럴 거지?
엄마도 너처럼 사랑스러운 엄마가 될게.
사랑한단다!!!!♡
그런데, 열심히 땀 흘려 만든 수수팥떡은
정작 반 개 겨우 먹였다는... 흑,
새벽에 일어난 보람이 없네, 보람이.

#20130724 #딸랑구_47months

*

너에게 쓰는 편지

아들랭아, 생일을 축하한다.
넌 분명 이거보다 만 배는 더 잘 생겼는데,
그림을 잘 못 그리는 엄마를 용서해라.
한번 싸인펜을 드니 고치기도 힘들구나.
더욱 개구쟁이가 되어도 좋으니,
지금처럼만 건강하길.
나중에 이 그림을 보고 웃지나 말거라.

#20150818 #아들랭_95months

*

엎드려 절 받기

어제 저녁밥을 먹으면서 아이들에게 말했다.

유지인 – "담 주에 이 어머니 생신이시다.
다들 선물 준비하고 있지?"

딸랑구 – "나 편지 쓸 거야."

아들랭 – "근데 엄마 생일이 언제야?"

유지인 – "넌 어머니 생신을 달력에 체크 안 하니?(버럭)"

딸랑구 – "엄마 생일 금요일이야."

유지인 – "내 생일 토요일이거든!"

정작 아무도 몰랐던 내 생일

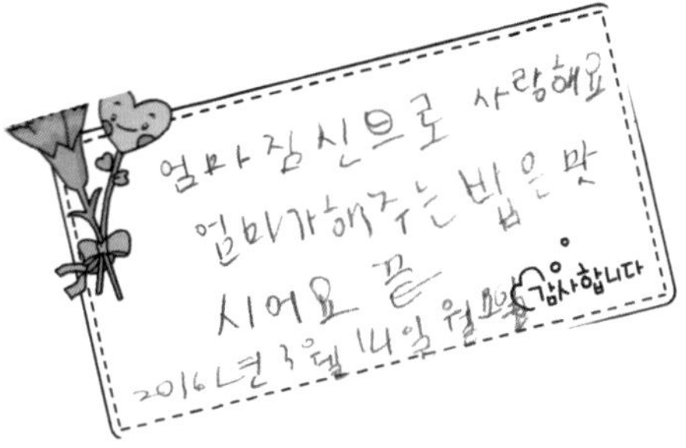

#20180705 #딸랑구_107months

*

마지막 수수팥떡

사랑하는 딸랑구의 10번째 생일.
건강하게 자라라며 10살까지 만들어주자던 수수팥떡은 올해가 마지막. 하필 딸랑구는 생일날 피부 알러지로 팔다리가 난리...
눈도 잘 못 뜰 정도로 얼굴이 퉁퉁 부어올라 예쁜 사진을 남기지 못했다. 이틀간 학교도 가지 못했는데 선생님이 딸랑구가 동영상 제작한 게 상을 탔다고 학교에 나올 수 있으면 나오란다.
애들이 놀릴까 봐 내심 나가지 말았으면 싶다가도 자기는 친구들이랑 놀고 싶어서 가고 싶단다. 그 퉁퉁 부은 얼굴로도 세상 해맑고 즐겁다. 이 수수팥떡은 솔직히 액막이로 하지, 막상 애들은 잘 안 먹었는데... 어쩐 일로 이번 생일은 자기 10살이라며 스스로 10개나 먹었다. 벌써 이렇게 컸다.

#20180724 #딸랑구_107months

*

엄마의 생일

내 생일이라고 한다.
아침부터 드라마를 몰입해서 보다가,
아들랭, 딸랑구랑 밖에서 밥을 먹겠다고
평소에 안하던 볼터치를 하고 나갔는데,
아들랭이 술취한 여자 같단다.
다시 막 없앤다고 없앴는데
이번엔 '미숫가루' 바른 거 같단다.

냉정한 아들랭과 영상편지 써주는 다정한 딸랑구와
함께 보낸 일요일 하루.
아침밥은 딸랑구가 두부카레밥을 해줘서 먹었다는.
아, 이제 든든해.
밥해주는 사람도 있고.

#20190714 #아들랭_142months

*

엄마의 생일 2

저녁에 삼치를 구워줬는데
딸랑구가 내 밥 위에 생선을 자꾸 올려준다.

"너나 먹어. 왜 엄마를 주고 그래."
"오늘은 엄마 생일이잖아.
오늘은 엄마가 애기고,
내가 엄마처럼 챙겨주는 바뀐 날이야."

맨날 그랬으면 좋겠네.

#20190714 #딸랑구_119months

*

부모가 된다는 건

어버이날에 카네이션도 받다니, 나도 부쩍 늙었구나.
그런데, 아빠에게 주는 건 분명 '감사해요'였는데,
난 왜 '감사'야?
어버이날. 내가 내가 어버이라니...
딸랑구가 목에 걸고 가래서
일단 가지고 나왔다.
아 뭉클해.

#20140508 #딸랑구_57months

*

천 원의 기적

딸랑구가 오늘 학교 가는 날이다. 갑자기 천 원만 주고 가란다.

"왜 뭐하게?"
"뭐 사 먹게."
"너 돈 있잖아. 네 돈으로 사 먹어."
"내 돈으로 엄마 카드 사야 하고 생일 선물도 사야 해. 사 먹을 돈이 없어."
"엄마 선물 사지 마! 엄마 자잘한 거 안 필요해. 엄마는 큰 거 가지고 싶어. 그냥 너 뭐 사 먹어."
"안돼! 엄마 선물은 꼭 줘야 해! 엄마는 예쁘니까 편지지도 예쁜 거 사야 한다구."

오늘 생일인데, 퇴근이 기대된다.

#20200714 #딸랑구_131months

*

검색의 진실

아들랭이 씻으라고 해도 뺀질거리고
인터넷 검색만 하고 있어서 혼냈다.
뭐 보고 있냐고 물으니,
어린이날에 엄마 선물 사준다고
구두 검색하는 중이래서
더 이상 혼내지 못했다.

어린이날에 사 준다니... 어버이날 아니고?

#20170405 #아들랭_115months

*

특별한 어버이날 선물

딸랑구가 공부를 안 하는 건
순전히 엄마만 생각해서라니.
헐... ㅋㅋ
내가 좋아하는 공유까지 그려주고,
이것은 어버이날 선물이다.

#20170507 #딸랑구_93months

*

꽃으로 피어나라

"엄마에게 복주머니를 줄게. 엄마는 점점 꽃으로 피어날 거야. 그리고, 엄마는 일억 살까지 살아야 해. 난 엄마가 죽으면 따라 죽고 싶겠지만, 대신 매일매일 찾아가서 꽃을 놓을 거야."

딸랑구의 새해카드 인사와 다정한 한마디.
"아우, 그런데 엄마가 일억 살이면 너도 꼬부랑 할머니인데 매일 걸어올 힘이 있겠니?! 그래도, 너처럼 사랑이 많은 아이가 엄마에게 와서 행복하구나."

다 커버린 어른에게 '꽃으로 피어나라'는 아이의 말이 찡했다. 한번도 제대로 못 피어보고 봉오리에서 터질랑 말랑하며 살다 져 버릴 것 같은 내 인생이었는데, 힘이 난다. 화려하지 않은 작은 꽃으로라도 피어 보고 싶다.

#20190102 #딸랑구_113months

*

작은 거로 준비했어

낮에 딸랑구가 전화로
"엄마, 낼 화이트데이라서 내가 작은 거 준비했어.
빨리 집으로 와." 라고 말했다.
집에 가서 보니, 정말 작네... 작아...
여섯 개에 이백 원이었다고...
엄마는 사탕 안 좋아하니까
일부러 작은 거
샀다고...

#20190313 #딸랑구_115months

언제까지나 사랑해

전화로 뭐라고 뭐라고 주절주절하다가
"사냥해" 그러고 툭 끊는다...
우와... 난 대답도 아직 못했는데...
#시크한딸랑구 #내귀엔사냥해
#사냥사냥내사냥

*

엄마부심

딸랑구가 자기 전에 속삭였다.
"엄마, 오늘 유치원에서 내가 선생님한테 말했어."
"뭐라고?"
"엄마가 무지무지 예쁘고, 내가 무지무지 사랑한다고 말했어."

엄마도 너를 무척 무척 사랑한단다.

#20140407 #딸랑구_59months

*

아이의 포근함

보통 아이가 엄마 품에 안기면 '포근함'을 느낄 텐데,
나는 딸랑구에게 안기면 진짜 포근하고 따뜻하고 편안하다.

퇴근해서 "엄마 오늘 좀 힘들었어." 하고 내가 먼저
그 작은 몸에 폭 안기면,
딸랑구가 "힘내."하고 토닥토닥해주는데,
그럴 때마다 맘이 녹아 내린다.

아이의 온기란 어른에게 큰 힘이 된다.

#20160111 #딸랑구_77months

*

사랑협박

어제, 딸랑구가 집안 여기저기 "엄마 사랑해."라는 메모를 붙여놔서 가슴 뭉클하다는 이야기를 올렸었다. 그러나, 또 그 뒷이야기가 있다. 딸랑구가 계속 나한테 "나, 사랑해? 안 사랑해?" 라고 물어보는 것이다. 대답에 좀 뜸을 들이거나, 머뭇거리면, 순간 헐크(?)로 변하면서 "으아아아아아. 나, 안 사랑해? 저거 다 뜯어버릴 거야!!!" 라고 협박을 한다.

무섭다.
사랑하냐고 물어보면,
1초안에 대답해야겠다.
덜덜덜.

#20160824 #딸랑구_84months

*

아찔한 핸드폰의 추억

아들랭과 딸랑구와 저녁에 택시를 타고 집으로 들어왔다. 집에 들어오자마자 아들랭이 주머니를 뒤지더니 "엄마! 나 핸드폰, 택시에 두고 내렸어."라고 말했다. "뭐? 정신을 어따 두고 다니는 거야!!!" 나는 순간 버럭 화를 냈다.

아들랭 핸폰으로 급하게 전화를 걸었다.
'받아라, 받아라…'

다행히 한번에, 기사님이 받으셨고, 손님을 태워주고 온 후 우리집 쪽으로 오겠단 약속을 받았다.
사실 맘만 먹으면, 그냥 가져갈 수도 있는 핸드폰인데, 다시 오신다는 말이 고마워서, 오는 택시비 정도라도 드리려고 했는데, 지갑에 현금이 하나도 없었다. --;
"돈을 좀 드려야 할 것 같은데…"라고 혼잣말을 했는데, 아

*

들랭이 "엄마! 나 만 원 있어! 내가 힘들게 모은 거야!" 하면서 지갑을 가져왔다. 접혀진 천 원짜리 열 장을 내민다.

"고마워, 엄마가 내일 다시 줄게."
"아냐, 안 줘도 돼."

택시 기사님은 정확히 10분 후에 다시 오셨다. 미안한 마음에 "이거 돌아오신 택시비라고 생각해주세요. 감사합니다." 라며 천 원짜리 열 장을 건넸다.
아들랭 핸드폰을 다시 돌려받고, 통화내역을 보니, 저장된 내 이름이 전에는 '엄마'였는데, '사랑하는 엄마'로 되어 있었다. 아들랭과 나의 소중한 기록이 있는 핸드폰을 누가 가져갔으면 어땠을까 생각하니, 눈물이 났다.

#20160824 #아들랭_107months

*

좋은 것도 다 한 때

딸랑구가 무슨 남친인 양,
시도 때도 없이 사랑한다는 문자랑 카톡을 보내는 통에,
회사 와서도 기분이 좋고 힘이 났다.
화장실에서 애 엄마인 회사언니에게 자랑 좀 했더니,
"야, 다 한 때다. 좀만 지나봐라. 전화도 안받는다." 라고
한마디 던진다.
하하하하, 뭐든, 좋은 건, 다 한 때구나.
즐기자. 이 순간을.

#20160316 #딸랑구_79months

*

작지만 제일 따뜻한 손

잠을 자려고 누웠다.
작고 따뜻한 두 손이
내 차디찬 손을 잡더니 자기 목에 갖다 댄다.
“엄마, 내 목에 손 대. 엄마 손이 차갑네.”
“엄마, 내 목이 따뜻하지.”
“이제 엄마 손이 따뜻해졌어.”
“다른 손도 줘봐.”
그리고 내 손을 꼭 잡아준다.
그 어떤 손도 이렇게 따뜻한 적 없었다.
딸랑구의 작지만 제일 따뜻한 손.

#20121228 #딸랑구_40months

*

그림 응원

아이들의 그림은 확실히 힐링 효과가 있다.
오늘도 내 출근 가방에 쏙 넣어준 그림들...
버스 한 정거장을 지나쳐 정신줄 놓고 시작한
오늘 하루의 우울함을 싹! 날려주는구나.
근데, 누구 짓일까? 이건 우리 딸랑구 스탈인데...
하트는 우리 아들랭이 그린 것 같은데~

#20130802 #딸랑구_48months

*

나와 같아서,
나와 달라서

아침마다 옷장을 뒤적거리며 고민하는 딸랑구에게
“뭘 그렇게 고르냐. 편하게 입고 가 !”라고 말해놓고
정작 내가 아침마다 거울 앞에서 이것저것
입었다 벗었다 하고 있다.
추운 날에 반팔을 입고 가겠다는 딸랑구를 보고
“감기 걸리는데, 미치겠다. 진짜!”라고 말하고 보니,
정작 나도 한겨울에도 짧은 치마만 입고 다녔다.
국에서 파만 쏙 골라내는 딸랑구에게
“골고루 안 먹을래?” 말하고 나니,
나도 어릴 때 시금치, 당근도 잘 안 먹었다.
가끔 TV만화에 빠져있는 아들랭에게
“티비 좀 그만 봐라.”라고 혼내고 보니,
나도 그 시절 ‘요술공주밍키’를 보는 게 낙이었다.

*

그래도 나와 다른 면이 있다면,
아이들은 나 어릴 때보다 "사랑해요."라는 말을 많이 한다.
매일 나를 안아주고, 먼저 내 손을 잡아준다.
나와 같아서, 나와 달라서, 좋다.

#20150428 #딸랑구_68months

*

죽음에 대하여

아들랭과 무슨 말을 하다가
'나이드는 것'과 '죽음'에 대한 이야기로 빠졌다.
"엄마도 늙고 있잖아. 점점 할머니가 될 거야.
그리고 사람은 언젠간 죽게 되지."
아들랭은

"괜찮아, 늙어도. 엄마가 할머니가 되면,
난 엄마 사진을 매일 가지고 다닐 거거든"

라고 말했다.
그러다가, 아들랭이 갑자기 이불을 뒤집어 쓰더니 흑흑거렸다. 놀라서 이불을 젖혔는데, 눈에 눈물이 그렁그렁하다.
"왜 그래? 갑자기! 왜 울어?"
아들랭은 "난 죽기 싫은데... 난 안 죽고 싶은데..."라는 거다.

*

그런데 나는 그 순간에 아들랭의 걱정하는 얼굴이 너무 귀여워서 "왜 벌써 그런 생각을 해. 그렇다고 왜 울어."라고 안아줬다.(속으로, 엄마가 죽는 게 걱정됐구나. 으이구 내새끼. 라고 생각했다.)

아들랭은

"내가 죽으면, 럭키는 누가 봐줘..."

라고 훌쩍거렸다.(럭키는 우리집 개이다.) 하아. 난 날 걱정하는 줄 알았다.

#20161214 #아들랭_111months

*

우리가 할머니가 되면

"엄마, 내가 100살 되면
엄마는 하늘나라로 돌아가지?(울먹)"
"아냐, 엄마가 132살까지 살게."
"안돼. 내가 100살이 안 돼야겠다.
그럼 유치원에 안가면 돼.(??)"

딸랑구와 내가
둘 다 할머니가 되어 있는 건
상상만 해도 웃기다.

#20150112 #딸랑구_65months

*

엄마 늙지 마

아들랭이 발랄한 목소리로,
"엄마, 몇 년생이야? 아니 몇 살이야?"
"엄마 나이도 모르다니. 42."
"아, 그럼 내가 21살이 되면, 엄마는 50살이네. 할머니가 되네. 어떡해... 엄마 왜 결혼 빨리 안 했어?"
"그러게, 엄마 어떡하냐..."

나도 어릴 때 마흔 넘은 아빠 엄마는 늙은 것 같아서
밤마다 울면서 기도했다.
늙지 말게 해달라고...
나도 어느새 그 나이가 되었네.

#20190828 #딸랑구_120months

*

11살 여자애들의 대화

딸랑구가 친구랑 영상 통화하는데,
옆에서 다 들려서
"유민아, 너는 누구 보고 심장이 막 뛰어본 적 있어?"
"아니, 난 없는데."
"야!!! 사람이 심장이 안 뛰면 심장마비야!! 그럼 죽는 거야!"
"아, 그렇게 따지면 난 매일 뛰지."
"유민아, 넌 계속 솔로로 살 거야?"
"응, 난 평생 솔로로 살래. 엄마랑."

나랑 산대.
11살 여자애들의 대화.

#20190905 #딸랑구_121months

대문자

♥ ABCDEFGHIJ
KLMNOPQRSTU
VWXYZ 이개

영어 지!

abcdefghijklmn
opqrstuv wxyz

영어 소문자

흔들릴 때도 있지만 너희들을 믿어

우리 아들랭이 받아쓰기 10점 맞았다!
빵점 아닌 게 어디냐. 얏호.

*

이렇게
해맑아도 되나

1학년 아들랭의 받아쓰기
시험 준비를 전혀 봐주지 못했다.
퇴근 후 집에 와서, 아무래도 빵점을 맞았을지 모른다는 생각에 "혹시 너 오늘 빵점 맞은 거 아냐?" 라고 물어봤다.
아들랭은 나에게 착 달라붙더니,
"아니, 나 10점이야!! '바람개비' 하나 썼어!"라고
해맑게 웃는다.

지난 주 엄마들 모임에서 다른 아이들은 자기가 100점을 못 맞는 게 싫어서 스스로 열심히 한다는 말이 떠올랐다.
연이어 물어봤다.
"아이고, 우리 아들랭, 잘 했구만.
우리 아들랭은 이러다 커서 뭐가 될까?"
아들랭은 또 해맑게

*

"난 용사가 될 거야!!!" 하고 발차기 시범을 보여준다.

가끔 모든 걸 내려놓았다고 생각하는데,
솔직히 말하자면, 답답함도 사실 조금은 있다.
(내가 게으른 주제에 뭐래)

#20140725 #아들랭_82months

*

기대와 기다림의 외줄타기

나는 우리 아들랭이 놀랍다.
두발 자전거를 어느 순간 혼자 타면서 씽씽 달리고 있는 모습이 놀랍고, 한글은 자기 이름밖에 모르던 아이가 9살이 된 지금에야 뜨문뜨문 한 자 한 자 책을 읽어가는 게 놀랍고, 포켓몬스터에 나오는 몬스터들의 이름을 다 외우는 게 놀랍고, 혼자서 이리저리 나사 끼워가며 전동 로봇을 만드는 게 놀랍고, 학교에 피구 하러 가고 싶어서 자기 전에 들떠 있는 모습이 놀랍다.
그러나, 가끔 타인이 보는 아들랭은, 아직 한글도 못 떼고, 자기 의사표현을 똑바로 안 하고, 장난이나 치고, 인사도 잘 안 하고, 학교 숙제가 뭔지 잘 모르고, 공룡이랑 싸웠다고 엄한 소리나 하는 좀 부족한(?) 아이일지도 모르겠다.

*

나는 기다려줄 준비가 되어 있었는데,
막상 다른 아이들이 앞서가는 걸 보거나, 엄마들의 이야길 들으면 마음이 조급해진다. 그래서 집에 가면 소리를 친다. 왜 안하냐고.
난 이중적인 엄마인 게 분명하다. 아이들을 자유롭게 키우면서, 두 아들을 서울대에 보낸 가수 이적 엄마가 쓴 〈다시 아이를 키운다면〉을 읽으면서 내가 원하는 것도 사실은 애를 사교육도 안 시켰는데도 알아서 잘 커서 좋은 학교에 가는 게 꿈인 건가? 이게 내 속마음인 건가? 내가 원하는 아이의 모습이 뭔지 헷갈린다. 대체 아이들을 놀게 하면서 공부도 시키는 '적당함'의 선은 어딜까?

#20150325 #아들랭_90months

*

장족의 발전

'참 재미있었다.'
2학년 아들랭은 일기를 쓸 때마다 레퍼토리가 똑같다.
"일기를 쓸 땐, 꼭 네가 한 일뿐 아니라,
슬프다, 화난다, 기쁘다 같은 감정을 써도 괜찮아."
라고 말해줬는데도, 그냥 늘 저 레퍼토리였다.

어제는 일기를 쓰다가
"엄마! 나 오늘 핸드폰 게임 하다가 엄마한테 혼났다. 라고 써도 되지?" 라고 큰소리로 말한다.
오호, 장족의 발전이다. "그래, 그런 것도 쓰는 거야."

아들랭이 며칠 실실 웃고 다니길래
"너 무슨 좋은 일 있어?"라고 물었더니,
"엄마, 나 요즘 학교에서 선생님한테 칭찬받아."라는 거다.

*

뭘 잘했냐고 했더니, 책을 잘 읽어서라나.
아직도 한글 맞춤법을 틀리는 아들랭이
책을 얼마나 잘 읽었겠냐만,
그런 자신감이 너무 좋다.

#20150921 #아들랭_96months

*

학교 가는 재미

아들랭의 2주일 학교 다닌 소감을 물어보니,
'학교 급식이 맛있어서 두 그릇씩 먹는다'는 것이고,
또 한가지는 '맨날 쉬는 시간이면 좋겠다'는 거다.
(수업시간에 대한 이야기는 한 마디 언급이 없다.)

쉬는 시간의 재미를
난 고등학교 때야 알았던 것 같은데
1교시 끝나고 빵 사러 가는 재미,
2교시 끝나고 거울 보는 재미,
3교시 끝나고 도시락 까먹는 재미...

#20140328 #아들랭_78months

*

기적의 계산법

아들랭이
"엄마, 나 공부 잘 해. 나 반에서 2등이야." 라고 말했다.
시험이 없는 학교라서 등수도 없을 텐데,
웬 2등인가 싶었다.
"저번에는 단원평가에서 '좋음'이었는데,
이번에는 '매우 잘했음'이 2개야.
그래서 2등이야." 라고 말한다.

하아... 우리 아들랭은 이렇게만 자란다면,
인생이 무척 행복한 일들 투성일 것 같다.
만사가 다 긍정적이구나.

#20160728 #아들랭_106months

*

대화의 힘

늘 물가에 내놓은 것처럼 걱정이 되었던 아들랭.

2학기 학교 상담을 갔다가 1학기와 다른, 선생님의 긍정적인 이야기들에 마음이 한결 편해졌다.
"어머님, 저 요즘 형래 보면 너무 기분이 좋아요. 많이 밝아지고, 학교 생활도 열심히 하고. 눈빛이 달라졌어요. 배려심이 많은데다 운동도 제일 잘하니까 친구들도 많아요. 학교가 재미있다는 느낌이 보여요. 항상 웃는 얼굴이구요. 1학기 때랑 달라졌어요. 그 사이에 무슨 일이 있었던 거예요?"

그 동안, 아들랭과 이야기를 좀 더 자주했다. 밤에 자기 전에도 더 많이 말하고... 그게 몇 개월 사이에 있었던 '무슨 일'이었다.

#20160927 #아들랭_108months

*

너희들의
꿈을 응원해

커서 경찰관이 되어서 엄마를 지켜주겠다는 딸랑구. 커서 크리에이터가 되어서 돈을 많이 벌어 엄마 사고 싶은 걸 다 사주겠다는 아들랭.

나는 신경쓰지 말고 너희들 돈 벌어서 너희들이라도 잘 살아라 라고 말은 했지만, 말만 들어도 귀엽다.

아들랭은 언젠가부터 갑자기 크리에이터가 되고 싶다고. 울 아들랭의 이상형인 도티잠뜰 때문에... 유튜브 계정도 만들어서, 자기가 마인크래프트 게임하는 거 동영상도 올리고 그러던데, 구독자 수가 7명 되려나...

아들랭 꿈이 그렇다는데, 나는 뭘 해줘야 하는지 모르겠네. 뭘 더 해줄 게 아니라, 뭘 못하게만 하지 말자.

#20180821 #아들랭_131months

*

100점 계산법

하교 후, 딸랑구의 하루 보고.

"엄마, 나 망했어. 학교에서 시험 봤는데.(흑흑) 수학 몇 점 맞았게?"

"80점?"

"아냐. 더 내려가."

"50점?"

"아냐... 더 아래야."

"20점?"

"아냐..."

"그럼, 10점?(설마)"

"어. 아하하하하하하하. 나눗셈이 너무 어려웠어."

"음. 하하하하하. 그럴 수도 있지.(속으로 주르륵)"

"근데, 국어는 잘 봤어!! 90점이야!"

"음, 둘이 합쳐 100점이네. 잘했네."

#20190514 #딸랑구_117months

*

딸랑구의 열공

애들이 학습지를 하도 안 풀어서, 자주 잔소리를 하곤 했다. 풀어라 풀어라 해도 밀리고 밀리다, 요 며칠 딸랑구가 무슨 바람이 불었는지, 매일 조금씩 스스로 공부를 한다. 내가 밖에 있으면 "엄마, 나 어디까지 풀었어." 하며 수시로 전화로 확인해주고, 늦게 집에 들어가면 풀다가 잠들었는지 연필을 쥐고 엎드려 자고 있다. 아침에 일어나서 내가 출근 준비를 하는 동안에도 "내가 어제 다 못 풀었거든." 하면서 침대 위에서 혼자 조용히 풀고 있다.

심지어 어제는 집에서 이런다.
"엄마, 아침에 내가 화장실에서 똥을 싸려는데, 가만히 있는 시간이 아까울 거 같은 거야. 그래서 화장실에서도 풀었어. 결국 다 풀었어."

#20190419 #딸랑구_116months

*

공부는 아웃 오브 안중

딸랑구가 하루 일과를 꾸며놨는데,

어째 나한테 혼나는 게 일과 같다.

공부시간은 너무 미미하여 일과조차 없음.

#20200112 #딸랑구_125months

대장

꿈은 이루어지는 거야

"철없는 엄마가 멋진 아이를 만든다."
들은 말인데, 그냥 와 닿아서.
내가 생각해온 거랑 비슷해.

*

엄마는
커서 뭐가 될 거야?

딸랑구가 "엄마는 커서 뭐가 될 거야?" 라고 물어봤다.
"응, 엄마는 나중에 작가가 되고 싶어. 그림책 쓰는."
"나는 경찰관이 되려고."
며칠 전 TV 드라마를 우연히 보고 주인공 경찰이 범인을 잡는 과정을 보더니 경찰이 되고 싶단다. 그런데 자연스럽게 대답을 하고 나니 다 큰 어른인 나에게 '엄마 커서 뭐가 될 거냐....' 는 질문이 왠지 모르게 신선했다.
그래, 난 아직 다 자란 게 아니야! 더 클 수 있어!!

#20170306 #딸랑구_91months

*

든든한 나의 지원군

집에서 맥주 마시면서 허지웅이 나온 〈나혼자 산다〉를 보고 있었다. 요가를 배우는 장면이 나오길래, 옆에 남편군도 있고, 들릴 듯 말듯
“나도 다시 요가 배워야 하는데, 돈이 없네.”
혼잣말을 했다.
그랬더니, 옆에서 듣던 딸랑구가
“요가가 얼만데?” 물어본다.
십만 원이라고 했더니,
이번에 전주 가서 외할머니에게 받은 오만 원 두 장을 내 손에 쥐어준다.
“엄마 요가 배워.” 라며.

정작 들으라는 남편군은 안 듣고 말이야.

#20191023 #딸랑구_122months

*

드라마보다
더 드라마 같은

어제 (드라마에 빠져) 울고 있는 나에게
딸랑구가 다가왔다.
"엄마 배 안 고파?"
"우리가 밥해줄게!"
아들랭, 딸랑구 둘이서 부엌에서 뚝딱뚝딱하더니,
케첩을 두른 계란 프라이와 스팸 몇 조각 구워서
밥이랑 같이 가져다 준다.
"엄마를 위해서 우리가 한 거야!"
숟가락을 들다가 눈물이 뚝 떨어졌다.
이번엔 슬퍼서가 아니라 감동이라서.

#20181008 #딸랑구_110months

*

이런 날이 온다

점심때까진 신나게 놀고, 그대로 침대로 직진,
땅으로 꺼질 것 같은 피곤함에 잠이 들었다.
저녁때가 가까워서야 눈을 떴는데,
골골대는 날 보던 딸랑구는
"엄마는 이제 늙어가니까 힘이 없는 거야. 좀 쉬어.
밥은 이제 내가 할게."란다.

"아니야, 넌 가만히 있어." 라니까,
"안돼!! 내가 한 밥 먹어!!"라고 큰소리쳐서
가만히 받아 먹었다.

호호호홋.
나에겐 밥을 해주는 딸랑구가 있다.

#20190323 #딸랑구_115months

*

엄마의 진짜 일

"엄마는 무슨 일 해?"
"엄만 출판사 다니지, 책을 만들어."
"아, 난 엄마가 요가 선생님인 줄 알았어."

내가 가끔 집에서 요가 매트 깔고 요가를 한다거나,
매일 저녁마다 요가복을 빨아대고 있으니,
딸랑구가 날 요가 선생님으로 착각한 듯
그런데, 내가 하는 일을 말해준 적이 오래 전인데,
딸랑구는 요즘도 나에게
"엄마, 요가 선생님이지? 나 요가 알려줘."라고 말한다.
딸랑구가 나를 요가 선생님으로 착각(?)할 때마다
나도 내가 진짜 요가 선생님이고 싶다.
한때 작은 꿈이었는데,
요가를 잘하고 싶다.

#20180830 #딸랑구_108months

*

나의 팬클럽 1번

"난 엄마가 없으면 못살아. 나한텐 엄마가 최고야."
"애기 땐 다들 그래. 한참 엄마가 좋을 때지.
그러다 크면 또 달라지지."(세상 시크한 척)
"아니거든? 내가 엄마가 좋은 이유가 뭔지 알아?"
"엄마가 밥해주니까 좋은 거지?"
"밥은 나도 할 수 있거든?!"
"엄마는 예쁘고, 그림도 잘 그리고,
나는 엄마의 팬이야!!"

딸랑구는 나의 든든한 지원자 1번.

#20191023 #딸랑구_122months

*

누가 딸인지,
엄마인지

요즘은 저녁에 집에 일찍 가면
딸랑구가 밥을 차려 놓는다.
퇴근 전에 뭐 먹고 싶어? 라고 카톡을 보내고,
볶음밥이나 계란말이라도 해놓거나
여튼 이것저것 차려놓는다.
"유민아, 힘든데 안 해도 돼."라고 말하면,
"나는 요리하는 게 재밌어!"라고 해서 재미로 하게 둔다.

어제는 그렇게 차려주고 나서 내가 밥 먹을 때
딸랑구가 옆에서 나 먹는 거만 쳐다보며 남은 흰밥을 계속
먹는 거다. 반찬은 손 안 대고 맨밥만.

"너 왜 맨 밥만 먹어?"
"밥만 먹어도 맛있는데?"

*

“너 왜 그래!!! 옛날 엄마들이 자식들 맛있는 반찬 먹게 두고 자기는 남은 반찬 대충 먹는 그런 슬픈 장면 같잖아!!”

내가 울컥해서 뭐라고 했더니,
그런가? 웃으면서 소시지 하나 가져다 먹는다.

#20200205 #딸랑구_126months

*

딸랑구와 함께 꿈을

딸랑구 학교 돌봄 선생님이 전화를 했다.
이런 저런 이야길 하다가,
평소에 딸랑구가 그림을 잘 그리고,
다른 아이들과 다르게 표현하는 방식이 남다르다며
칭찬을 해주셨다.
2년간 봐왔는데, 머리도 좋고 생각도 독특하다고,
그냥 두긴 아깝다고,
그림 그리는 재능 같은 걸 좀 키워줬으면 좋겠다고 말했다.

그런 재능을 키워주려면 뭘 같이 해야 하나...
주위 사람들이나 학교 선생님들마다
딸랑구의 이런 점을 항상 칭찬해주는데
내가 너무 손 놓고 있는 건 아닌지...

*

요즘엔 내가 주말에 뭔가를 배우러 가면
같이 데리고 다니려고 노력 중이다.
플라워 레슨도 같이 가자고 했더니 너무 좋아한다.
자기도 꽃 배우고 싶다고.

내가 언젠가 해보고 싶은, 한가지 꿈꾸는 그림은 있다.
내가 이야기를 쓰고, 딸랑구가 그림을 그리는
동화책을 만드는 것이다.
아 설렌다, 생각만 해도.

#20171130 #딸랑구_99months

*

니들 땜에 산다

어제는 나의 결혼기념일이었다고 한다.
남편군은 뭘 사주지 못해서 미안하다는
말만 남기고 볼 일 보러 나갔다.
저녁에 아들랭이 치즈돈까스가 너무 먹고 싶대서 애들 것만 배달시켜 먹었다. 나는 계란 프라이에 대충 먹다가 "엄마 오늘 결혼기념일인데, 계란 프라이 먹는 게 말이 돼?!" 혼자 분통을 터트렸다. 옆에 있던 딸랑구가 돈까스 두 개를 집어
내 밥그릇에 올려주며
"엄마 이거라도 먹어. 선물이야.
잘 먹어야 힘이 나고 쑥쑥 자라지." 란다.

눈물이 나려다 정말 웃겨서 웃었다.
나도 계속 자라야겠다!

#20200319 #딸랑구_127months

*

모녀의 꿈,
책 만들기

주말에 딸랑구와 홍대에 나갔다가
"유밍아, 우리 참 이것저것 같이 많이 했다, 그지?"
"맞아, 우리 같이 그림도 배우러 다니고, 꽃수업도 같이 가고, 요리도 같이 배우러 가고. 이젠 책만 같이 만들면 된다!"
"그래, 우리 책도 같이 만들자!"

딸랑구의 소소한 재능과 유쾌한 일상을 관심 있게 봐주시는 주변 분들 덕분에, 가끔 나랑 딸랑구랑 뭔가 같이 하는 재밌는 일들을 상상하곤 한다.
실천력이 1도 없는 엄마라 그냥 흘러가는 시간이 되어버리고 있지만, 사실 뭘 대단하게 안 해도 어떠하리, 오늘이 즐거우면 됐지.

#20190603 #딸랑구_118months

*

딸랑구의 꿈 목록

코로나로 애들이 학교를 못 가고 있으니,
딸랑구 담임쌤은 수시로 클래스팅 앱을 통해서
아이들에게 소소한 과제를 주고 있다.
오늘은 '꿈 목록을 3가지 이상 적어 보라'는 질문이 있었다.
우연히 봤는데, 딸랑구는 이렇게 답을 써놨다.

1. 내가 어른이 될 때까지 엄마가 살아있기
2. 그림책을 만들어서 출판하기
3. 행복하게 살기

내가 얼마나 살지는 하늘에 달려 있으니 패스,
그림책 출판은 좀 애써봐야겠다. 조만간 딸랑구의
꿈 2번의 토대가 될 작은 책이 나올 것 같다.

*

언젠가 딸랑구랑 같이 출판사를 차려
좋은 책을 만들고 있을 날을 상상해본다.
행복하다. 어쩌지 벌써 3번 꿈도 이뤄졌네.

#20200324 #딸랑구_127months

꿈은 이루어지는 거야

*

에필로그

"엄마는 커서 뭐가 되고 싶어?"

아직도 간간히 딸랑구와 아들랭이 하는 말들을 SNS에 기록하고 있다. 아주 어릴 때만큼의 기발함과 귀여움은 덜하지만, 사는데 여전히 위로와 힘이 된다. 아니, 조금 더 성숙하고 어른스러운 말들로 부족한 나를 어루만져주고 있다.

딸랑구와 아들랭의 에피소드를 올리다 보면 가끔 '사랑스러운 아이들이 있어 부럽다'는 댓글을 본다. 내가 아이들과 친구처럼 지내며 잘 들어주는 좋은 엄마일 것 같다는 말도 들었다. 뜨끔했다.

올해는 코로나로 아이들이 학교도 제대로 가지 못하고, 집에서 온라인 수업을 진행하고 있다. 그 어느 해보다 나는 힘이 든다. 매일 집에만 있는 아이들 먹을 끼니를 아침마다 챙겨준 후 출근하고, 회사에서도 일하다 말고 아이들이 게임만 하고 있지는 않은지, 학교 수업은 잘 들었는지 수시로 확인을 한다. 퇴근해서 돌아오면 컴퓨터 게임에 열중하는 아들랭의 뒷모습을 보고 한숨을 쉬었다가, 숙

*

제는 했는지 왜 안 풀었는지 실랑이를 벌이고 혼자서 화를 내기도 한다. 잔소리를 하다보면 기력이 없어진다. 아무 말도 듣기 싫을 때가 있다. 혼자서 늦은 저녁을 먹고 있는데 “엄마, 나 오늘 이거 만들었어.” 하면서 딸랑구가 말을 건다. “밥 먹고 이따 이야기 하자.” 하고 뒤로 미루기도 한다. 집안일을 마무리하다 보면 이야기도 다 못 들어준 채로 딸랑구는 잠이 들어있다.
“엄마, 내일 아침에 엄마 먹을 토스트 해 줄게. 일찍 깨워줘.” 라는 사랑스러운 메모를 남기고.

애들이 잠들고 나서야 ‘휴, 좀 더 말을 다정하게 할 걸. 앉아서 좀 더 들어줄 걸.’ 뒤늦은 후회를 한다. 힘든 건 나만이 아닐 텐데. 학교에 못 가고 자유롭게 외출도 못하는 아이들은 얼마나 답답하고 힘이 들까. 내 몸 힘든 생각만 했다. 잠자는 딸랑구와 아들랭을 손을 잡고 괜히 미안하다 말해본다.

이렇게 나는 늘 다정한 엄마는 아니었는데도 한결같이 아이들의 다정한 말들을 들으면서 이만큼 자라왔다. 어쩌면 이 세상 모든 아

*

이들은 자신의 엄마, 아빠에게 무수히 많은 명랑하고 다정한 말들을 내뱉아 왔을 것이다. 엄마, 아빠들은 아이들의 말의 힘으로 안팎의 고달픈 생활들을 버틸 수 있었을 것이다. 별말 아닌 말의 힘으로.

“엄마는 커서 뭐가 되고 싶어?”
딸랑구가 어릴 때부터 나에게 자주 했던 말이다. 어른이 된 지금도 뭔가 더 될 수 있는 기회가 남아 있다니, 들을 때마다 설레었다.

나는 커서 좀 더 ‘잘 듣는 엄마’가 되고 싶다. 아이는 아이 그 존재 자체로 충분하다. 무엇을 잘하든 못하든 누구와 비교할 대상이 아니다. 아이의 말들은 현재진행형이다. 살아가는 동안 끊임없이 나에게 말할 것이다. 그 말들을 그대로 잘 들어주고 싶다. 뭔가를 더 하려고 애쓰진 않을 것이다. 사소한 말들에 더 많이 웃기만 할 것이다. 그것만으로 행복을 누리기에 충분하다. 철없음은 그대로 유지한 채로.

*

마지막으로, 딸랑구와 아들랭 둘 다 함께한 에피소드를 기록했지만, 그래도 이 책이 나오는 데는 딸랑구가 크게 일조를 했다는 의미에서 이 책의 저자에는 딸랑구 '김유민'의 이름도 같이 표기하였다. 저자 이름에 없더라도 우리 아들랭 김형래, 너무 사랑한다. 바쁘지만 애쓰려고 노력하는 남편군에게도 고마움을 말하고 싶다.

에필로그를 쓰면서까지도 '이 내용이 과연 책이 될까?' 마음이 갈팡질팡하며 걱정이 많았다. 좋은 책이 될거라고 먼저 손 내밀어주시고, 끝까지 믿고 항상 응원해주시는 엄혜경 대표님께 진심으로 감사드린다.

2020년 9월 바람이 부는 옥상에서

유지인

*

팬들의 응원 메시지 -
"SNS에 올라오는 응원의 글입니다."

멋져요. 늘 읽으며 절로 입꼬리 귀에 걸리게 만드는 행복의 큐피드 딸랑구!!

강**님

모든 엄마와 딸이 부러울 것 같아요. 벌써 부럽습니다.~

최**님

유민이 사진은 절묘하게 비슷하게 나왔네... 처음 작품부터 대박 나기를!!!

박**님

기대되고 흥분됩니다. 살아있는 사랑둥이 딸랑구의 귀염뽀작한 말들이 어떻게 책에 담길지 넘 기대되네요. 얼른 내놔요~~~♡

한**님

와우... 그냥 책표지만 봐도 행복해집니다.

이**님

딸 키우는 엄마들에게 선물하면 받는 분들이 좋아할 듯요. 주고 싶은 사람들이 막 떠오르네요.

박**님

두근두근 벌써부터 설레이는 기분, 귀여운 모녀의 이야기

C**님

*

늘 주옥같은 말들로 놀라게 했었는데 하나의 책으로 볼 생각을 하니 절로 행복해지네요.♥ 앞으로 아이가 커서도 이 책을 보면서 엄마가 얼마나 힘을 받았는지 느낄 수 있을 것 같아요. 그 때에도 파이팅 하라구 응원하고 싶어요!♥

J**님

따님 얘기 읽을 때마다 저도 자주 미소 짓곤 했는데 이렇게 책으로 나오네요.^^ 축하드립니다!

김**님

와~ 딸을 키우는 건 실로 어마어마한 일이군요. 축하합니다!

문**님

그동안 유민이의 말이 너무 예뻤는데 이렇게 책으로 기록될 수 있다니! 축하해

C**님

내가 우리 딸에게 듣고 싶은 말이!!!! 대리만족으로 내가 얼마나 행복할지... 미리미리 기대하고, 설레이고~~ 행복을 엿보겠어요.

H**님

육아서적이 대부분 전문지식 위주로 쓰여져 딱딱한데 이런 일상 에피소드를 이야기하듯 쓴 책은 별로 없을듯요.

김*님

*

최고! 제목 좋고요...표지도 이쁘고... 어떤 이야기인지도 알고... 최고예요!!!

이*님

우와,,. 축하드려요, 샘!!! 넘넘 멋진 책이네요~ 두고두고 행복해질 책!!

이**님

제목이랑 표지그림만 봐도 사랑스러워요!!! 딸과 함께 크는 엄마 유지인작가 멋져요!!

J**님

멋진 엄마 축하해요. 엄마를 웃게 울게 해준 그 기특한 딸랑구. 아들랭이도 함께요.

전**님

늘 보기 좋았는데 이렇게 책으로 탄생되는군요. 정말 축하드립니다.^^

C**님

표지 제목과 이미지만으로도 사랑하고, 사랑받고 싶은 마음이 가득해져서 함께 행복해지는 책이네요.^^

오**님

*

세상 모든 모녀의 필독서♥ 넘 축하해요.♥

신**님

와~넘나 사랑스런 모녀의 모습이 표지에 고스란히 담겼네요♡.♡ 완전 축하드려요~~*^^*

김**님

와와와와와!!! 축하해! 바로 주문해야지.

M**님

핫 언젠가 책으로 나올 것 같은 콘텐츠였습니다.

이**님

제목도 좋고 표지 분위기도 너무 좋아요^^ 내용은 당연 재밌겠구요. 곧 책으로 나오길 기대하며... 미리 축하드려요. 멋지다. 축하해

R**님

축하드려요!!! ^^ 따뜻하고 행복한 글들이 기대됩니다!!

S**님

작가님 ~~~드디어!!! 출간 축하드려요~~~~~~~

장**님

*

빨리 읽고 싶어요♥♥♥ 축하합니다♥

현**님

꺄!!! 저자사인회 가즈아~~ 저는 유작가님보다 김작가님 싸인을 더...

H**님

오! 이 제목이 더 부제랑 잘 어울리네요. 넘 기대 ~~ 드디어 유민이를 메이저로!!!! 유민아 아이돌 해야해 꼭!!!!

박**님

어머 제목이 너무 좋아요 언니! 응원드리고 축하드려요

N**님

제목과 표지 정말 맘에 들어요.~~~~ 너무너무 축하드려요.~~~

P**님

축하해~ 느낌 좋다.. 딸랑구는 벌써 작가로군 ㅎ

함**

표지만으로 기분이 좋아지네요~^^

Y**

오오. 축하해요 지인님. 너무 의미있는 책이네용~^^

김***

엄마를
사랑해 드립니다

제1판 1쇄 2020년 12월 25일

지음 유지인, 김유민
발행처 애드앤미디어
등록 2019년 1월 21일 제 2019-000008호
주소 서울특별시 영등포구 가마산로 50길 27
홈페이지 www.addand.kr
이메일 addandm@naver.com
교정교안 윤치영
디자인 얼앤똘비악 www.earlntolbiac.com

ISBN 979-11-971935-4-5(03810)
가격 15,000원